中国文学名家散文精选丛书

心底的温柔

王奎 著

江西高校出版社

JIANGXI UNIVERSITIES AND COLLEGES PRESS

南 昌

图书在版编目（CIP）数据

心底的温柔 / 王奎著 . -- 南昌：江西高校出版社，
2025. 6. --（中国文学名家散文精选丛书）. -- ISBN
978-7-5762-5633-8

Ⅰ . I267

中国国家版本馆 CIP 数据核字第 2024ME8896 号

责 任 编 辑　王丰林
装 帧 设 计　夏梓郡

出 版 发 行　江西高校出版社
社　　　　址　江西省南昌市新建区工业二路 508 号
邮 政 编 码　330100
总 编 室 电 话　0791-88504319
销 售 电 话　0791-88505090
网　　　　址　www. juacp. com
印　　　　刷　鸿鹄（唐山）印务有限公司
经　　　　销　全国新华书店
开　　　　本　650 mm×920 mm　1/16
印　　　　张　13
字　　　　数　160 千字
版　　　　次　2025 年 6 月第 1 版
印　　　　次　2025 年 6 月第 1 次印刷
书　　　　号　ISBN 978-7-5762-5633-8
定　　　　价　58.00 元

　　小时候，我喜欢看连环画。父亲的书柜里也有不少书，吸引了我，我便如饥似渴地看了起来。

　　上小学时，我看得最多的是章回体小说，有一本破旧了的《粉妆楼》看过很多遍，是英雄传奇小说，印象最深的人物是胡奎，跟我同名。后来，我又看了《水浒传》和《西游记》等书，书中描述的英雄人物形象更立体，更令我着迷。

　　少年时的天马行空，丰富了我的想象力，也让我有了不少写作灵感。上初中后，作文写得出彩　常常被语文老师当作范文讲给全班同学听。老师的肯定和同学的掌声　让我写作信心倍增，萌生了文学创作的想法。

　　在初中二年级的暑假，我第一次尝试写小说。也许兴趣是最好的老师，我一尝试，就一发不可收拾。我把大部分课余时间都留给了写作和看课外书。

1998 年，我受《文艺生活》杂志社之邀，远赴湖南参加全国大众文学年会，成为当年参加活动的最年轻的学生代表。我把这段经历写成一篇文章，被老师作为范文在课堂上朗读，这给了我很大的激励。

此后，我的写作欲望更强了，认定了这一生要继续走完这条文学道路。课余时间，我经常泡在学校的图书馆看书、写作，磨炼文字功底。

读书期间，我参加了鲁迅文学院普及部的函授学习，得到了鲁迅文学院老师的精心指点。

我的处女作是发表在当年《台州广播电视报》上的散文诗《醉做路桥人》。

2006 年，我加入路桥区作家协会，2007 年加入台州市作家协会，2013 年加入浙江省作家协会。

随着互联网的迅速发展，网络文学不断兴起，我在坚持传统文学创作的同时，也尝试着涉猎网络文学的创作。

2011 年，我写的青春情感励志小说《爱上爱情》在文学网站创下百万点击率。次年 10 月，这部作品改名为《月朦胧 岁朦胧》，分为上下两部出版，首印发行 5000 册。与此同时，我的长篇小说《冲动的青春——一个人的舞蹈》也于 2012 年出版，首印发行 5000 册。

那几年，我创作热情高涨，在传统文学与网络文学这两个领域齐头并进。

2014 年，我创作的短篇小说《女孩励志记》在中国小说学会主办的"文华杯"全国短篇小说大赛中荣获二等奖；同年我入选浙江省第二批"新荷计划"人才库。2016 年，长篇小说《我在十里长街等你》出版发行，首印发行 5000 册，并改编成有声小说。同年出版的文学作品集《平凡絮语》，成为我首部集多种文学体裁于一体的个人作品。

《平凡絮语》得到了郑九蝉老师的资助，还得到了李异老师的鼓励和指导。在文学创作这条道路上，我得到了太多人的帮助，感激之情溢于言表。

我擅长现实题材，创作灵感，有一部分来源于生活。

2023 年，我取得心理咨询师基础培训合格证后，成为一名注册情感倾听师。

倾听他人的情感问题，给予对方安慰和鼓励，不仅能提升共情沟通能力，还可以丰富我的人生阅历，为创作提供更多的帮助。我也希望能给孩子更多的学习动力，成为陪伴孩子人生成长的坚实后盾。

2024 年是值得我铭记的一年。这一年，我很荣幸地加入了中国作家协会。加入中国作家协会，不是写作的终点，而是起点。

文学梦想，是一种心能为之激动得颤抖的梦想。真正的作家不轻言放弃。创作只是寻常生活方式而已。创作的辛苦所带来的大多只是精神上的富足。然而对于热爱创作的人来说，精神富足便已然足够。

人的精力是有限的，文学创作是无限的。我要把有限的精力投入到无限的创作之中。余生很短，且写且珍惜。

目 录
CONTENTS

第五辑
人生感想

第一辑

童年琐忆

1. 老屋

我家的老屋是二层楼，第二层是用木板铺成的。窗是古旧的木窗，窗外就是屋檐，有一株古樟树的枝丫延伸到屋檐之上。我家用的是那种砖垒泥筑的土锅灶。

烟囱、灶膛、炉膛形成很巧妙的通风道，灶火放进灶里点燃，热气上升，下面新鲜空气涌上来，柴便越烧越旺。有时，青烟会从灶口往外冒，熏得人眼泪鼻涕直流。

烧锅灶最难熬的是夏天，外面骄阳似火，灶膛口则热浪滚滚，奶奶挥汗如雨，一面忙着切菜下锅，一面赶到灶下塞柴火。

烧锅灶最温暖的是寒冬腊月，外面北风怒号，冷气砭骨，坐在灶膛边烧火，暖烘烘的。

我们小孩子也喜欢烧锅灶。听大人的吩咐，说火加大，便忙不迭地添柴加薪；说火减小，便拨灰灭掉正在燃烧的木柴。当然，也可以在灶膛里煨番薯、烤黄豆等，拿出来香喷喷的，大快朵颐。

老屋后面的台阶是月石头砌成，台阶旁的空地是用石板铺成的。台阶旁放着一块打磨得很光滑的磨刀石。这块磨刀石是祖辈留下来的，磨过菜刀、弯刀、镰刀等生活和生产用具，它的实用价值很高。让人记忆深刻的，是屋后有个捣米用的石臼。石臼摆设在那里，任风吹雨淋，它见证了岁月的沧桑。

屋后有一条小河。当年小河很清澈，河两岸长满了青青绿绿的果树。河边种着两棵大樟树，还有一些不知名的小树。

小河边有个被大家唤作"水埠头"的地方，是用石板堆叠的台阶。这种台阶比较宽，可以让更多人蹲在那里淘米、洗衣，一大早就会挤满洗衣的妇女。妇女们争先恐后，唯恐自己来晚了占不到好位置。

"水埠头"的石板下，有清水沁润的地方，长满了螺蛳，这些螺蛳附在石板底下，手一摸就能裹到几颗。这些螺蛳是可以吃的，我摸过一大碗，当作了餐桌上的美食。

夏天的"水埠头"是最热闹的，特别是在傍晚时分，那些只穿短裤、光着膀子的男人们在那里洗澡，洗去身上的汗味，缓解一天劳作带来的疲劳。这样的风景，也是赏心悦目的。

小河流经的地方，都是翠绿的一片，引人注目的，就是架在小河上的石板桥。

石板桥只有一米来宽，由几块石板架成，四五米长，其中一块石板碎了一个角，但不影响人们通行。人走在上面，石板会发出一些响动，那是因为石板并不平整，而且缝隙又大，所以人走在上面会感到石板在抖动。要是初来乍到的人上去走一回，还真后怕。人们走习惯了，也就习以为常了。

这座石板桥方便了两岸，这岸是老屋，那岸就是稻田了。从稻田中间的石板路过去，就能看到一个清澈的池塘。这个池塘不算小，水质很好。池塘边上有两个长形的台阶，那是供人们挑水用的，也可放扁担。有时来好几个挑水的，在石板上排队。

这里的池塘水是用来饮用的，也可以用来淘米，但绝不允许洗衣。村里有个不成文的规定，饮用水是不允许洗衣的，也不允许乱扔垃圾。当时自来水还未接过来，这池塘的水就用了好长一段时间。

那时，塑料桶有了用武之地。通常我和父母提着一小桶的水回家。提水到家后，脸上挂着笑容，好像收获了战利品一样。后来父亲买了钢桶，直接用扁担挑水回家，再到我十几岁时，我也能挑水回家了。

2. 橘树

老屋后面有一座小山，距离老屋仅两百米。这座小山不高，只有一两百米高。山上土坟和砖坟到处都是。

山脚下是成片的橘树。那里有我家的十几棵橘树。当初爷爷奶奶悉心照料，橘树硕果累累。

每年除了上坟要到山上祭拜外，那就是秋天摘橘子了。小孩跟在大人后面，屁颠屁颠地提着小篮子往橘园里钻。不会摘橘子，身高也不够，只有伸手接橘子吃的份。大人们毫不吝啬，一个接一个地给我吃，直到我吃饱打嗝为止。

大人们或用箩筐，或用麻袋，装了满满的橘子打道回府。那时橘子产量不错，价格却很低廉，自家吃不了的，卖的卖，烂的索性就烂掉，也不觉得有多可惜。

我家还有一片橘树不在山脚下，是在距离老屋三百多米的前方田园，那里才是橘树的天下。稻田除外，剩下的就是成片成片的橘树了。

橘子种类有好几种，印象最深的，就是早橘和楤橘了。早橘顾名思义，果实生得早，而后者最迟产出，可以越冬暖藏。我爷爷通常用稻秆铺在泥地上，然后将橘子倒入，再在上面铺上稻秆。后来在自建房的地下室，也是以这种方法收藏橘子的。楤橘放的时间越久，甜味越浓，可口极了。

3. 水井

对于那口井，我的印象比较深。还清晰地记得当年打水井的场面。我家把水井的位置选在了屋后的一块空地上。父亲买来水泥管，请来专业挖井的人，大伙儿热火朝天地钻起井来。水井的深度是有讲究的，要挖到有水从地底下源源不断地渗出才行。而后将水泥管一个个插入井洞中，直至半截水泥管露在地面上才算大功告成。

水井有了，再就是在水井旁砌一个洗衣台。记忆中那个洗衣台是用黄砖砌成，黄砖上面就放置了长方形的石板，实在是简陋得不能再简陋了。有了水井，有了洗衣台，经常见到我妈和奶奶在这里洗衣服，井水就是取之不尽的生活用水。当然，喝的水是从百余米外挑来的池塘水，再后来通了自来水，池塘水就被大家抛弃了，被用来洗衣洗杂物了。

自从有了井水后，生活的确方便了很多，洗衣服再也不用到小河边了。爷爷从田间地头回来，用井水洗手洗脚。井水冬暖夏凉，夏天还可以把西瓜和啤酒之类的放在小水桶里，沉到井里，放一时辰，再提上来，那冰凉的味道，比冰箱里拿出来的更自然，更爽口。

4. 嫁妆

老屋除了母亲的几样嫁妆外，就没别的像样的东西了——我家的状况可见一斑。

说到母亲的嫁妆，有一件嫁妆不得不提——留声机。在当年，应该算是比较像样的嫁妆了。那些圆形的唱片，现在已经很难找到，即使有见到，也是从电视剧里看到。除了留声机，还有一件比较重要的嫁妆就是17英寸的黑白电视机。这台黑白电视机陪伴了我家十几年（后来当废品给卖掉了）。说到那台黑白电视机，哪有现在使用遥控板的电视机方便，纯粹是手动调的，一个旋转的按钮，一个频道接一个频道地搜索过去。有时转快了，频道就跳过去了，又得重新慢慢地搜索一遍。

除了留声机和黑白电视机，还有就是那辆凤凰牌自行车。自行车车架很高，还有大脚架，四平八稳。那时，父亲视其为珍宝，保养得很好。有一段时间，父亲为了生计，骑着自行车载客，一天骑上几十公里路，根本不在话下。后来那辆凤凰牌自行车也被当废品变卖了。

童
年
的
乐
趣

1. 折纸

孩提时，躲在老屋里，最喜爱做的一件事，莫过于折纸了。折纸是有技巧的，这点不容置疑。最易上手的折纸，便是折纸船和纸飞机了。直到如今，我还会折纸船和纸飞机。有些事情，自己亲手做过，就很难忘却。

折纸船，这个最简单了。一张纸铺开对折，再两边呈 90 度角对折，这样差不多呈三角形了。然后折成四边形，再将能折的两翼对折，又折成三角形，最后将两个角掰开，将底部鼓起，一只纸船就呈现在眼前了。

最兴奋的时刻到了。拿好纸船，来到"水埠头"，小心翼翼地将纸船放在水面上，然后用手轻轻拨一下，纸船就顺着水势划出去了。看着纸船在水中漂浮，心里别提有多高兴了。纸船承载了我儿时天真稚嫩的梦想。

再就是纸飞机了。纸飞机是在空地上或房间里玩的。玩纸飞机需要点窍门，说简单点，就是掌握飞行技巧。纸飞机可不是随便一扔就能飞出一道完美弧线的。掷的时候，手千万不能抖动，否则纸飞机有可能直接栽在地上。

与童年伙伴比试纸飞机飞行的高度与距离，那是多么振奋人心的事情。看着自己的纸飞机轻盈地飞起来，并飞得很远，那种胜利的欢呼和喜悦可想而知了。

2. 踩芦苇和打水漂

记得小河闹干旱时，水面浅得见底，河底的淤泥清晰可见。

每当这时，河底的沉船赫然入目。那是一只年代久远的沉船，从木质腐烂程度可见一斑。

沉船不大，长宽不过数米，整船木质结构，保留尚还完整，只是船身表面经过河水长期的冲刷和侵蚀，变得颜色灰暗而破旧不堪。想来当初此船是用来载运的。

河水干涸，河面上的芦苇就会枯萎。而这时，大可以将那些已经枯萎了的芦苇堆积起来，并堆实踩实，就可以变成一条小河两岸的芦苇小道。河底即使有积水，也稳当地让人从容通过。于是，那里就成了小孩子的快乐天堂。伙伴们从这岸踩着芦苇到达对岸，着实兴奋得眉开眼笑。更有捣蛋者，在芦苇小道上来回跑动，以此阻碍别的伙伴通行，显得相当得意。那时，我只能等到他们玩累后，才独自慢慢地去探索。对小孩子来说，没有比玩更吸引他们的了，更不必说踩在河中央所带来的得意了。

数天之后，河水又涨上来，芦苇小道已浸没在河水中，孩子们无奈地站在岸上，只能望河兴叹了。谁让我们这些孩子这么喜欢玩呢！

既然有河水干涸时的玩法，那么，水涨之后，又有什么可玩的呢？当然也有了，那就是玩打水漂。打水漂的道具是那些随处可见的小石块，或者是一些碎瓦片之类的硬物。诚然，形状尖锐一点的首选。

有了这些道具之后，剩下的无非就是如何去操作了。大凡农村长大的孩子，都有打水漂的经历，其操作方法是最简单不过了。如果右手掷出，人就要向右下方倾斜，小石块或碎瓦片朝水面平行掷出，力道稍微大点，那样，它就会在水面上滑得更远。滑行的过程，就如同一个精灵在水面上轻盈地穿越，确实好看至极。滑过的水面，会呈现出一小片美丽的涟漪，真是令人赏心悦目。

一个人有一个人的玩法，有伙伴时，就可以比拼实力了。看谁滑得更远，激起的小旋涡更多，谁就可以胜出。胜利者不乏尖叫欢呼，输了的咬牙切齿，只怪自己技不如人。但孩子们都是天真无邪的，很快，笑容重新绽放在他们的脸上。输赢是次要的，玩耍才是天性。

小石块或碎瓦片是用来打水漂的，但有一次却成了伙伴双方相互攻击的利器。那次为了何事而触发矛盾我如今已记不清了，只记得双方闹得不可开交。

矛盾爆发后，小石块和碎瓦片就成了随手可扔的武器装备。怕这些东西真会伤到人，战斗双方都不敢近身作战，距离越拉越远，实施远攻，这也是为了保护自己不受伤害。

双方都不会轻易让对方击中自己，因为一旦击中，特别是击中身体的某个重要部位，其后果是不堪设想的。所以，双方都在避其锋芒，能避则避，最好有个障碍物隔着，这样能攻能防。

开战过程，战斗双方谁也不肯服输，大有决战到底之势，哪怕打得伤痕累累也在所不惜。到最后，我的左手臂被小石块击中。随着我的一声惨叫，战斗也就此结束。

那时虽伤得不深，但现在回想起来，还真有些后怕。

后来，伙伴们就再也不敢那样放肆了。

3. 土灶生火和堆稻草垛

童年，回味起来如啜甘醴。要数乐趣的，就是土灶生火和堆稻草垛了。

土灶生火需要稻秆，需要用火柴引燃。我奶奶曾教我怎样折稻秆，折好后放入灶底或夹在腋下，拿好火柴，在火柴盒子的边缘用力划一下，"嗤"的一声，火柴就点燃了。将点燃的火柴移至稻秆上，等稻秆着火后再旋转360度，然后在灶底用长长的铁钳搅动几下，这样火势就旺了。再不行，稍稍借助手拉式鼓风机（以前我家还没电动的），轻拉几下，火势会更旺。可以再塞入稻秆继续助燃，也可以放入干燥的木柴使火势得以延续。

稻秆和木柴烧成的灰炭是庄稼很好的肥料。我爷爷通常一斗斗地挖到田里施肥。未燃烧完的木柴还带着闪耀的星火，扔了实在怪可惜的，奶奶就将其置入一个圆形罐子里，等下回煮饭时可以再次利用。特别是在冬天，那利用价值就更高了，大可以将这些未燃尽的木柴置入圆形带孔的暖脚铜炉里（现在很难寻觅到了，取而代之的是暖手袋之类的），这样，木柴的热量在暖脚铜炉里慢慢释放出来，双只脚贴在炉子表层上，别提有多暖和了。

与稻秆有关的自然是晒稻秆和堆稻草垛了。在堆稻草垛之前，必然先将稻秆晒干，然后再堆稻草垛。堆稻草垛也是有讲究的，堆得不好会倾斜，如果重新堆，又得费好长时间。我爸在上面堆稻草，而我和爷爷、奶奶则在下面递稻秆并往上面扔稻秆，这样就形成了流水线作业。有时我会调皮地爬上已经堆好的稻草垛，来个登高远眺。玩过之后，就从稻草垛上滑下或跳下，兴奋得不得了。

有一次，不知是谁搞的恶作剧，邻家的一个稻草垛着火了。邻里的人们闻讯，纷纷提着大桶小桶的水去灭火，场面热闹又感人。

4. 浇水、除草和劈柴

农家活儿可真不少，有挑水，有施肥，有浇水，还有锄草和劈柴。

挑水是大人的事，七八岁的我只能提一塑料桶的水。每次水提到家门口，奶奶都会夸奖我。而施肥呢，我只有跟在爷爷屁股后面的份儿。

那时没有抽水马桶，大小便都拉在木桶里，而木桶拉满后，提到田间施肥；如果不急着施肥，也可以先将大小便倒入茅坑或板坑里存放一段时间（板坑是用石板围成的，可以储放更多的大小便）。也有些农人直接在茅坑大小便的，更有甚者，光天化日之下翘着屁股拉屎，不足道哉。

施肥通常和浇水连贯在一起的。两者所用到的相同工具就是带长柄的水勺。为何是带长柄的呢？这里有杠杆原理。带长柄的水勺施肥和浇水时，人就不会觉得很累了。

在庄稼和农作物的边上有一条长长的水沟，水是从"水机头"（村里有个专门打水浇灌农田的设备，人们俗称"水机头"）放出来的，惠泽整个村的农田。

可谓"近水楼台先得月"，水沟就在农田的边上，大大方便了浇灌。有时看到田里干枯了，就挖个通道出来，直接将水沟里的水引入田间，省心又省力。

说到锄草，不光是屋前屋后要锄草，庄稼和农作物也要锄草。锄草是农人们的必修课。那里三天两头不锄草，哪里就会杂草茂盛。不锄草的农田会荒废，不锄草的橘林会减产，所以锄草的重要性已可想而知。

一般的锄草，自然离不开锄草工具——锄头。这家伙相当管用，也是长柄的，一锄下去，杂草连根翻起。

经常可以在电视剧里看到农民荷着把锄头走在田间，而这，是我童年的真实写照。锄头拿得最久的人，当然数我的爷爷了。

还有一样艰苦的活儿要数劈柴了。木柴和稻秆一样重要，不是可有可无的，两者必须都有，缺一不可。

磨刀霍霍，只为了劈柴劈得更顺手一点。家里的木柴堆得越多越好，这样，后勤就有了保障。虽说米也是后勤保障，试想，自家种田的，还会缺米吗？满满的一大缸米，根本就不用发愁了。而木柴就不一样，烧光了就得想办法弄来。如果没了木柴，怎么生火，怎么煮饭呢？所以家里人都时常盯着木柴不放。橘园修剪下来的树枝，不用的木板，外面拆房扔弃的木料，建房装修所用剩的木块和木屑，这些都是木柴的来源之处。再不行，就直接上小山砍柴了。

木柴有了后，总要劈吧，不可能长长的或一大块放进土灶里烧吧，所以劈柴是当务之急。劈柴需要力气，还需要技巧。比如一块木板，可以倾斜着，将一端放置在台阶上，一端摆在地上，直接用脚往下跺，多省力的一件事呀。遇到厚的木块只能劈了，找准位置，手起刀落；遇到难缠的，只能一刀一刀慢慢劈了，要有耐心才是。

5. 插秧、割稻和打稻

每到插秧的季节，我跟着爷爷，长裤卷及膝盖，俨然一个大人一般走进秧田，帮助长辈拔秧、插秧。

我站在田埂上，望着田间被插好的秧苗，它们整齐划一，淡淡的绿意，每棵都像是农家孩子那天真的笑脸，列队在泥田里点头。

插秧，对于一个农民，它更是一种希望。希望在当年的秋天，会出现丰收的场面，到那时，整个田地满眼金黄，像是佛光普照，风微微地吹，仿佛神的低语。也许有这样的憧憬，我爸插起秧苗来，显得特别来劲。

有播种就有收割。我爸和爷爷一大早就去了。等到我吃完早饭，拉着空的板车到田头时，稻田的一角已经堆起了两垛稻。爷爷一直这么认为，干农活就得起早摸黑。

我们割稻喜欢用那锯齿的小镰刀。那刀就像一钩弯月。这小镰刀如果还比较锋利，就不用送到打铁店修理了。后来，镰刀都用新买的，一季稻用一批新镰刀。镰刀既有短柄的，也有长柄的。那种长柄的割起稻来速度也是非常快。

割稻，面朝黄土背朝天的，俯身在那里，风也享受不到。那份干渴热燥真是痛苦。将割下来的稻子放在稻船上，拉到田边去脱粒。这稻船，不盛稻的时候，是一个绝好的水田玩具。两三人坐在稻船上，由别人在水田里或推或拉，然后轮着玩，多带劲呀。

为了克服单调的劳作，我割稻玩花样。先来个中间突破，再来收拾残留的两边，或呈梯形状收割，或一行一行地逐渐消灭，横着一轮，竖着一轮。尽管如此，我的割稻速度，远远不及我爸和爷爷。做这样的事情是要不得停停歇歇的。

割好的稻子一垛垛小山似的在田里排成两行，中间相距两米宽，好像等待检阅的仪仗。我一开始注意这些稻垛的美观，便割一把放一把，好像砌墙那样往上叠。可一把一把地堆放稻子是很费力费时的，后来也学乖了，跟着大人学，割下的先放在自己的身后，三把一小垛、六把一大垛的，待全部割完后把这些小垛的堆成大垛的。由于这样拼叠的稻垛，参差不齐，很不牢固，有时顶上的会崩塌下来。不管了，在这样的农忙季节里，快捷才是硬道理。

说起打稻机，也是很有意思的玩意。它分为两种，一种是比较原始的，需要用脚用力踩踏的；另一种便是电动的，省力省心。要打稻了，就得用板车把打稻机运到田头。由于我小时候力气比较大，我和我爸卸下打稻机，用长竹杠将打稻机抬到田里放好。虽然打稻机沉重，让我步履跟跄，肩头酸痛，但人是可以锻炼出来的，扛的次数多了，也就感觉轻松多了。

打稻是个力气活。我家用的是原始脚踩的打稻机，很是费力。打完一垛稻，还得将它拖到下一垛稻边。这一番下来肩肿背疼的。不过我毫无怨言。我用畚箕将脱下的谷粒倒入箩筐或装进麻袋里，扛到板车上，再运回到自家的操场上去晾晒。

6. 水沟捕鱼和钓黄鳝

来说说水沟。

水沟除了可以浇灌田园外，还有一个好处就是捕捉小鱼。那时河道和池塘并未被污染，所以小鱼可以尽情地繁殖，以至于水沟随处可见游弋着的小鱼。

不过，水沟环境好了，却引得水蛇经常出没。听老年人讲，水蛇是没毒的，加上儿时胆子又大，就学着其他伙伴在水沟边捕捉小鱼，胆子更大点的伙伴，直接踩在水沟里捕鱼。

水沟捕鱼也是要讲究点技巧的，不注意点细节是捕不到鱼的。要想没有漏网之鱼，先得选好一个地方，定个点撒网或用大点的畚斗堵着，然后那端用木棒捣乱，就像赶鸭子一样将小鱼往堵住的这边赶，这样一来，捕获的可能性较大。不过漏网之鱼在所难免，特别是泥鳅，实在狡猾得很，即使抓在手上，稍不留神也会溜走。

可以说，水沟捕鱼也是一项细活，大伙的战利品大多以小鲫鱼和小泥鳅为主，这些都可以成为餐桌上的一道美食。

例外，水沟边的水田里有黄鳝。黄鳝露出来的时候不多，一般藏在洞里。洞口是很容易找到的。若要捉洞里的黄鳝，一般采用钓的方法，取一根细长的铅丝，一端弯个钩子，串上蚯蚓之类的诱饵，往洞里塞，黄鳝就会咬钩，顺势一提，整条黄鳝被钓了出来，随即扔到准备好的塑料桶里，这样就大功告成了。

鱼和黄鳝，全家分享，节约生活成本，脏并快乐着。

7. 跳橡皮筋和屈腿攻击

跳橡皮筋是童年的乐事。

跳橡皮筋的花样繁多，游戏规则一套又一套的。其中有一个比较简单的跳法就是三人一组。两人布置橡皮筋，一人开跳。这样轮着跳，看谁跳得好。人要紧盯橡皮筋不放，稍有疏忽就会游戏结束。

通常是赢了一次，橡皮筋的高度就会上升一格，有跳橡皮筋厉害一点的伙伴，可以使橡皮筋达到及腰的位置。小孩子的身高只有一米三四的样子，至颈部的位置最多一米多点，所以对那些跳橡皮筋的高手们来说，这样的高度根本不在话下。除了高度这样的游戏规则，还有就是宽度了。宽度其实很简单明了，就是越晋级，橡皮筋的宽度间隔越小，这无疑增加了跳橡皮筋的难度。也可将此游戏分为几人一组，几人同时开跳，这需要很好的配合。打头车的人必然要有超强的实力，为下面的跟随者们铺平道路，唯有这样，才能顺利过关晋级。

三步跳，也是当年我们爱玩的游戏之一。三步跳，顾名思义，就是跳三步，三步之后需要站立，而且要一只脚很稳地站立，两只脚着地就算输。三步跳跳得越远越好。然后对手跳两步，也要单脚站立。

对方单脚站立后，伸手够前面跳三步的选手，够不到的话只能认输；也有继续跳的，也就是前面的再跳一步，后面的跟着跳一步，直到够到或者认输为止。游戏规则因人而定。但不管如何，游戏乐趣还是有的。对于我们这群儿童，只要玩得开心就好。

再说到屈腿攻击，这种游戏的激烈程度比三步跳不知高出几倍。这种游戏的方法就是，左脚或右脚单脚站立，另一只脚盘曲在站立那只脚的大腿部位，然后用手托住盘着的那只脚的脚后跟，呈攻击状态。对手也一样。游戏很简单，以膝盖攻击对手，两脚着地便服输。游戏相对较激烈，有点危险性，是男孩子玩的游戏，小女生们都敬而远之，也不乏胆子大点的女生，竟观看起来，不亦乐乎。

还有就是挤人游戏。对方几个人，己方几个人，双方在走廊上呈一字排列，靠在走廊边上，相向拼命地挤，挤得对方往后退，就算赢；也有人压迫感强，受不得挤，就脱离了队伍，也算输了。

8. 踢毽子

我童年擅长的体育项目就是踢毽子了。

最先练习踢毽子是觉得好玩，后来有了比赛，就不仅仅是好玩了。踢毽子不是一蹴而就的，同样需要循序渐进的过程。刚接触时，能踢上一两个就算是不错的了。就凭着兴趣，所以练习比较勤奋，别人练上一个小时，我愿意付出两个小时甚至更多时间。勤能补拙，付出总有回报，在苦练后，踢毽子一次踢上几十个绝对不在话下。发挥好时，一次上百个也没问题。因此，参加比赛也就成了顺理成章的事情。比赛是计时制的，通常是规定一分钟，谁踢的个数多，谁就胜出。选手们摩拳擦掌，尽自己最大努力，发挥出各自的极限水平。这就要求选手们在比赛过程中容不得有半点失误。一旦失误，就有可能输掉比赛，因为到了比赛场地的选手都是精英，他们之间的差距微乎其微，关键就看临场的发挥。选手们练到熟练的境界就是靠单脚着地，另一只脚不用落地，这样一来，就可以缩短脚沾地的时间，极大地增加踢的个数。不过这样也增加了风险系数，稍不留神就可能失误。选手们也都不会把毽子踢得很高，尽最大可能踢得低一点，这样也能增加踢的个数。

我曾获得过一些奖励，奖品是一盘军旗，一个羽毛球，一个新毽子。

9.做年糕、谢年和看春晚

临近年关，家家户户淘米、洗米、浸米。我爷爷会拉着板车去做年糕，我也会跟着去。

偌大的操场上围满了村民，场地上柴油机不停地怒吼着，一台带动着碾粉机，浸透过水的大米经过机械的碾压，出来的是洁白的湿粉；另一台带动着碾糕机，蒸熟的米粉经过碾糕筒的滚压，倾吐出连续不断的糕带，双手麻利的师傅，用菜刀斩出一节节几乎相同长的年糕。周围，三四个村民将一节节刚出筒的年糕迅速有序地排列起来。孩子们嘴馋，父母会掐一小块年糕给他们。年糕糯香满口，嚼劲十足。孩子们不怕烫，吹着气，一边吃着鲜年糕，一边等待着年糕晾干变硬。那种年糕的味道，至今我都难以忘怀。

谢年是一道习俗。在过年前，挑个良辰吉日，摆好供桌，铺上干净的桌布，摆上九大盘就可以祭礼了。煮好的猪肉，鲜活的鱼儿，豆腐、肉皮、豆芽、干货等，用大小合适的盘子盛好，再摆上酒盅，倒上黄酒，再插上高香蜡烛，烧上冥纸，祈求来年风调雨顺。最后就是打炮仗了。在此期间，可以毕恭毕敬地双手合十虔诚许愿。祈愿来年平平安安、健健康康、福星高照、吉祥如意。我们这些孩子，在边上玩得不亦乐乎。

到了那年的除夕之夜，吃着年糕，就听到屋外烟花爆竹声响起。我拉着我妹的手跑出屋外，看烟花爆竹"大闹天空"，真是漂亮极了。过了半个钟头，奔上楼梯，迫不及待地打开黑白电视机，还好，中央电视台春节联欢晚会还没有开始。这不多时，电视荧屏上出现了欢庆热闹的场面，随后出现了赵忠祥、倪萍两位主持人，联欢晚会正式开始。节目紧张有序地进行着，相声、小品、舞蹈、独唱、戏曲等一一呈现。我爸妈和我妹也围坐了过来，一起观看春节联欢晚会。我爷爷和奶奶，他们住在一楼，也没有电视可看，早早地入睡了。

"噼里啪啦"，一阵阵鞭炮声把我从睡梦中吵醒。我起床，很开心，心想：我又长大了一岁！

10. 看露天电影和听蝉鸣

看露天电影，是小时候美好的记忆。

夏天的晚上，在空旷的操场上，放映着露天电影，都是一些很旧的片子。闷热的晚上，没有一点风，看露天电影的以老年人居多，也有像我们这些活泼好动的孩子。人们坐在自带的椅子上，摇着手中的蒲扇，悠然自得地看着一部老片。

蝉鸣是夏天最有特色的自然界的声音。夏日里有蝉鸣，夏就变得清脆而有生气。

听蝉鸣不倦，高低错落，余音袅袅，不绝于耳，声音似乎掩埋了喧嚣和躁动，心灵有了一丝安谧。

听蝉鸣，生活有了更多的乐趣。

11. 玩弹珠和看电视剧《西游记》

童年最好玩的是弹珠。

阿林是童年伙伴中玩弹珠的高手，他比我大两岁，却比我们更懂得收藏弹珠，这不，他把从我们这里赢来的弹珠，全浸在装有水的玻璃瓶里，瓶子放在房间的显眼处，非常好看。

阿林给我们画了一条线，示意我们站在线上，然后他在三四米远的地方，整个屁股坐下，双脚叉开，将一粒弹珠放在地上。

一赔五，若打中这粒弹珠，将得到五粒弹珠。

我们蹲下身去，瞄了瞄那粒弹珠所在的位置。

看着能打中，但实际打中的概率蛮低。一番枪林弹雨下，竟然打不中阿林布置的弹珠，所以到最后，输得很惨。

阿林从地上爬起，清点了他的战利品，共有几十粒弹珠，收获可真不小。

换个地方，战斗继续打响。这回阿林来个弹珠阵，将几粒弹珠一字排开，只要打中任何一粒弹珠，一字排开的弹珠全部奉送。这样的诱惑力实在太大，但结果还是输。

弹珠玩累了，就去看电视连续剧《西游记》。这部《西游记》是由六小龄童饰演的孙悟空，很好看，而我家的电视机收不到，我只能到阿军家里收看。阿军家条件比我好，电视能收到。

我们这些小屁孩，被孙悟空的七十二种变化深深吸引。孙悟空算是我们童年的大英雄了。

記忆中的那
些食物

1. 零食

童年的零食，最先想到的，便是蜜枣。

那时的蜜枣在零食店里有卖。零食店是村民开起来的，店里的零食
也不是很多。店家将蜜枣放置于透明的塑料罐里，塑料罐放在货架的最
显眼处，让人一眼就能瞧见，这怎能不叫人馋涎欲滴呢？我便老是缠着
我妈带我到零食店，手指着装有蜜枣的塑料罐，店家马上将塑料罐从货
架上拿下来，拧开红色的盖子，问我要买几粒。那时蜜枣是可以按粒买
的，我伸伸手指要了两粒。妈妈掏了钱后，我拿着蜜枣屁颠屁颠地跑了。

冬瓜条也是我喜欢吃的零食。那长条形的冬瓜条，外面涂着白色粉
末，特别甜，特别好吃。我也会用同样的方式缠着我妈给我买。我妈拗
不过我，就会给我买下。

除了蜜枣和冬瓜条，还有就是芝麻糖和花生糖，也是很不错的零
食。芝麻糖和花生糖含在嘴里不过瘾，直接用牙齿咬碎，咀嚼几下就将

其咽下，味道好极了。

再来说说棉花糖。这棉花糖真是太神奇了，用竹签插着，像棉花那样的一团，入口即化，回味无穷。

还有就是麦芽糖了。儿时经常见到老人挑着担子路过门口吆喝。小孩子都会迫不及待地跑出来瞧个究竟。麦芽糖是用粽叶包裹着的，可以用等价的东西换取，比如牙膏壳之类的。所以，为了能吃到麦芽糖，我也开始收集牙膏壳了。

特别是快到过年的时候，爆米花成了家家户户必备的年货。老人在空旷的地方支起设备，红红的火苗灼烧着炉子。孩子们会跟随着家长，带着自家的米，排队等候。只听"嘭"的一声，就知道是爆米花"炸"开了。手里捧着热乎乎的爆米花，心里乐开了花。

2. 美食

"豆腐，豆腐。"方言的吆喝声故意拉得很长，一声接一声由远及近地传来。这声音听来很亲切，很特别。孩童的我知道是那位骑着老式自行车叫卖豆腐的中年男子来了。

只要是听到他的吆喝声，我就会跑到屋前看个究竟。这么一来，那个挨家挨户卖豆腐的中年人就认得我这个小屁孩了。

大多情况下，我都是扯着奶奶的衣服去买豆腐，后来奶奶就习惯了，逢他的豆腐必买。他做的可是地地道道的豆腐，特好吃。常常见到奶奶在锅灶前，用菜刀很熟练地将整块豆腐大卸八块，而且划得很规整。被切好小块的豆腐放入锅里不会碎掉，烧好后依然是一小块一小块的，即便是用筷子夹着，也不容易碎掉。想来，他卖的豆腐是货真价实的。

有一次，我奶奶洗衣服去了，他固执地等了十几分钟，等我奶奶洗衣回来买了他的豆腐，他才离去。到现在，这个中年男人的形象，尤其是他的吆喝声，依然印在我的脑海。

还有一位老汉，常常挑着装满豆腐脑的担子，挨家挨户地叫卖豆腐脑。我们这些小屁孩，特别嘴馋，一听到这叫卖声，口水都流出来了，非得拉着家长的手，要买上一碗豆腐脑喝喝。

一桶的豆腐脑晶莹剔透。老汉熟练地舀起豆腐脑，装入碗中，滴上几滴红糖汁，甜甜的豆腐脑，满满都是记忆。

最后来说说做山粉糊。做山粉糊，是在元宵节那天晚上进行的。奶奶给全家人烧了一大锅的山粉糊。山粉糊通体褐色，夹杂着红枣、小汤圆、川豆瓣等，很甜很黏很爽口。因为它味道香甜，小孩子不会浪费，会用小勺子刮取粘在碗壁上的糊羹沫，刮得精光。

八九岁那年。漆黑的夜，我在老屋内，惊恐地叫喊。

"妈，妈！"

外面的强台风已将老屋的石灰墙吹破了一个洞，风从洞口钻进来，大有掀起屋顶之势。

我更加惶恐。我妈从隔壁间趿着鞋子匆匆而来，脚踩木地板的声音早已被台风的呼啸声吞没。

"奎，别怕，别怕。"我妈抱住了我，轻轻地拍着我的背。

"妈，风吹进来了，老屋要倒了吗？"

"老屋不会倒的，别怕！"

随后，我听到瓦片掉落的声音，那声音令我心惊胆战。

"妈，瓦片掉下来了！"

在我妈的怀里，我清晰地听到瓦片被风刮到地上破碎的声音。

我妈仍轻拍着我："风一会儿就过去了。"

在我妈温暖的怀抱下，我熬到了天亮。

天亮后，台风已停止了它的侵袭。

我推开木窗，放眼望去，外面一片狼藉，有掉落的屋瓦，有吹散的稻秆，有折断的树枝，更让我惊诧不已的是，其中有一棵苦楝树竟然被连根拔起，横倒在地上，惨不忍睹！

我"噔噔"地踩着木楼梯从楼上下来，跑到那棵被连根拔起的苦楝树前一看究竟。

这时，我的小伙伴阿军、阿荣也不约而同地过来了。

阿荣惊叫："啊，怎么这么惨啊！"

阿军也说："是啊，从没见过树被风吹倒的。"

"我昨晚吓死了，石灰墙被风吹破了一个洞，还以为老屋要倒呢！"我说出了昨夜的经历。

"什么？你家的墙被风吹破了？"阿荣有点不信。

"是啊！你们不信吗？跟我一起到楼上瞧一瞧吧！"

于是，我带着阿军和阿荣到了楼上。我指着石灰墙上的一个大洞，说："喏，就在这里！"

阿军和阿荣抬头一看，墙壁上果然有一个大洞。

"这下，你们信我了吧！昨夜风就从洞口吹进来，声音特别响。"

"怪不得你家楼下有无数瓦片。"阿荣说。

三人又回到了楼下。

我妈叫了一声："你们中午在我屋里吃饭吧！"

阿军和阿荣异口同声："不，不。"

......

池塘的水很清澈。

我和阿荣在池塘边上玩。

一位中年男子见了，叫道："你们小猢狲，不要在水边玩，掉下去就没得救了！"

雄浑的声音传入我们的耳朵，于是我们抬起头来看看这位男子。

"我要挑水了，小猢狲快让开！"中年男子喝道。

我和阿荣知趣地退到池塘边上，目光却紧盯着男子。

那男子将水桶浸入水中，水汩汩地往里灌入，很快就溢满整个水桶。男子稍一用力，就将整个水桶从水面上提起，放置于石板之上。

"哇，力气好大！阿奎，我们两个都提不起一桶水。"阿荣说。

那男子听到阿荣说话，回过头来，笑着说："你们小猢狲才八九岁，想提起一桶水，再过十年吧！"

我不服地说："不用十年，再过两年我就提得起来了。"

"做梦！做梦吃绿豆芽！"男子很是不屑。

随后，男子用同样的方法，将另一个水桶灌满水后提到石板上。

男子将水桶上的绳子系于扁担的两端，然后将右肩置于扁担的中间，扎好马步，一用力，身子直起，两桶水挑了起来。

"走走走，别挡路了。小猢狲，再过十年你们也担不动。"男子说。

阿荣神不知鬼不觉地将几颗从石板边上摸到的螺蛳扔进水桶里，那男子竟浑然不知。

中年男子挑水走远后，我和阿荣哈哈大笑起来。

我和阿荣继续蹲在石板上摸螺蛳。

"小猢狲，还在摸螺蛳，不要命了！"

我和阿荣转头，惊愕地发现，还是那个中年男子。这回他没有挑着水桶过来，手里似乎还捏着什么东西。

"我在往水缸里倒水时，看到有几颗螺蛳。小猢狲，是不是你们搞的？"

我和阿荣顿感大事不妙。

"跑！"阿荣叫道。

我和阿荣撒腿就跑，玩命似的跑。

只听后面传来中年男子的声音："小猢狲，溜得比曲蟮还快！我可认得你们！"

跑了会儿，见男子并未追过来，我和阿荣停下了脚步。我这颗小心脏跳得别提有多快了。

我和阿荣歇了会儿后，就各自回了家。

一回到家，我妈就抓着我不放了。

"奎，你是不是去池塘摸螺蛳了？"

我一惊，默默地点了点头。

我妈舍不得打我，说："你们在别人的水桶里扔螺蛳，是不是真的？"

"我没有扔，是阿荣扔的。"我解释道。

我妈教育我，说："你晓得在池塘玩水摸螺蛳，有多少危险吗？万一掉进水里，你的小命就没了。"

"妈，下次我再也不摸螺蛳了。"

我妈没说什么，摸了摸我的头。

阿荣双脚刚踏进门槛，就撞见了那个向他母亲告状的中年男子。

阿荣本想溜进卧室，却被阿荣母亲逮到中年男子的面前。

"小孩子太贪玩了，管都管不住。"

"这次被我发现在水边摸螺蛳，说了几句，就往我水桶里扔螺蛳。"

"阿荣，你扔了螺蛳了？"

阿荣点点头。

"小孩子太调皮了，主要是他们在水边玩，没大人在旁边，很危险。"中年男子走完就走了。

我爷爷是收废品的。老屋的角落里堆满了各种各样的废品，有铁皮、纸板、塑料、泡沫，还有牙膏壳及各种小玩具。

我经常帮着爷爷搬运板车上的废品。

"咦，这是什么？"我好奇极了。

"这是连环画，又叫小人书。"爷爷说。

连环画？小人书？我还是第一次见到。

我问爷爷："爷爷，这连环画是哪里收到的？"

"是一户人家，跟纸板一起论斤卖。"

"爷爷，连环画可以给我吗？"

"反正不值几个钱，你要都拿去吧。"

我高兴得不得了，赶紧把全部连环画都捡过来，异常兴奋。

我数了数，共有二十多本连环画。

我妈见了，说："这么破旧的小人书，别人家都扔掉了，你还捡回来当宝呀！"

"妈，我要看。"

"又脏又破的小人书，你要收藏呀？"

"妈，我把这些书放到我的床底下，那样您就看不到了。"

我妈拗不过我，只得找了个鞋盒，帮我把连环画一本一本地放进鞋盒。看到封面脏了的连环画，用布擦拭干净后再放进去。

放好连环画，我妈说："奎，这下你满意了吧？"

"谢谢妈妈。"

随后，我又去帮爷爷搬货。

"爷爷，东西放在屋外，不怕被别人偷走吗？"

爷爷说："你看呀，屋里都放满了，放不下了，就放在屋外了。不值钱的，没人愿意偷，偷去也卖不了几个铜钿。"

我妈喊我了："奎，快过来吃饭。"

我乖乖进去吃饭了。

门前屋后，爷爷还在忙碌。

我和阿军、阿荣结伴而行，走在通往学校的泥路上。

阿荣说："阿奎，我们放学后去爬树吧！"

我说："爬哪儿的树？爬树很危险呀！"

"阿奎，你太听话了，胆子也太小了吧！"

被阿荣这么一激，我说："去就去，我又不是胆小鬼。"

阿荣问阿军："你也去吧？"

阿军说："你们都去，我当然也去。"

"说好了，谁不去谁是小狗。"阿荣嬉皮笑脸地说。

一放学，我们三人，就跑去爬树了。

我来到自家屋后，那里有樟树、苦楝树等树木。

阿荣说："谁先来？"

我说："你先来吧！"

阿荣摩拳擦掌，跃跃欲试。凑到树旁，准备开始爬树。他的双腿缠着树干使劲往上蹬，身体紧贴着树干，双手在做攀爬的姿势。

阿荣得意地朝我和阿军挥手。

我说："阿荣小心点，别掉下来。"

阿荣似乎没听到，继续往上爬。

阿军说："阿荣别爬了，已经很高了。"

"是啊，你再爬上去，都要下不来了。"我很担心地说。

阿荣显得很得意。

"好了，阿荣，我们都看到你的本事了，你快下来吧！等下被大人看到，可不得了啊！"我又喊了一句。

阿荣开始慢慢往下爬，爬到距地面两米左右，阿荣干脆直接往下跳。这一跳不要紧，跳了个屁股坐地。

"哎哟！"阿荣发出一声疼痛的叫声。

我和阿军赶紧过去扶他。

"阿荣，你没事吧？这么高都敢往下跳，你真行啊！"我说。

"我没事。现在轮到阿奎了。"阿荣让我来试一下。

我使出浑身解数往上爬，却怎么也爬不上去。阿荣在下面托着我的屁股，还是无济于事。

"你不行啊！阿军，你上。"阿荣叫阿军上。

阿军没爬就泄气了。

"爬爬看。"阿荣直接把阿军拉到了树下。

阿军在我的辅助之下，爬了一米多高。

阿军说："真的没力气爬了。我要下来了。"

阿军滑了下来。

邻居大妈见了，叫道："你们小猢狲在干什么？"

我转眼望去，是邻居张大妈，她发现了。

"被大人发现了，快跑！"

我喊了声，阿荣和阿军马上回过神来，跟着我跑了起来。

阿荣是运动天才，三人中，跑步最快，一下子把我和阿军甩在了后面，我和阿军使出吃奶的力气也追赶不上。

正在此时，阿军脚底不小心磕到了一块小石头，狠狠地摔倒在地。

"哎哟！"

我和阿荣旋即止住了脚步。转过头去，阿军趴在地上起不来了。

我和阿荣赶紧过去扶阿军起来。

阿军指了指膝盖，说："痛，痛！"

我挽起阿军的裤子。阿军的膝盖处已擦破了一层皮，手肘处也有轻微的伤痕。

我说："怎么办？你妈知道了，会打你吗？"

阿军摇摇头："不晓得，不能让我妈晓得，要骂死我的。"

阿军露出一副痛苦的表情。

我和阿荣面面相觑，不知道该怎么办才好。

"你就说在学校跑步摔倒了，你妈不会怀疑的。"阿荣支招。

阿军苦着脸，说："知道了。"

待了会儿，我们各自回了家。

阿军家有小霸王学习机，我和阿荣家没有。

阿军将一张游戏卡片插在学习机上，接通电视机，游戏画面就出现了。

阿军和阿荣先玩，我在一旁观看。

两人玩的是"魂斗罗"，是一款很经典的枪战过关游戏。两人玩得很投入，很认真。

阿军的技术好得多。阿荣的游戏角色壮烈牺牲，而阿军的游戏角色却毫发无损。

只剩阿军孤军作战，我和阿荣都为阿军捏了把汗。

阿军的游戏角色很顽强，过五关斩六将，竟然从第一关战斗到了最后一关。

阿荣赞道："阿军，你真厉害！"

我也说："是啊，换作我们，早就死几十回了。"

阿军露出胜利的表情，说："阿奎，你也来玩一玩。"

我接过阿军递来的游戏手柄，不知道怎么操作。

我什么都不懂，紧张得要死。

阿军指点："这个按钮是发射子弹，这个按钮是跳跃。"

我牢牢记住了阿军的指点。

"接下来，你要躲避敌人发射过来的子弹，也不要被敌人碰到。"

我在慌乱之中，很快就结束了战斗。

"这么快就结束战斗了，跟我一样嘛！"阿荣说。

阿军得意地说："这个要多玩才行啊！"

阿军母亲不知啥时回来了。她揪着阿军的耳朵，吓到我和阿荣了。

我和阿荣看到阿军的惨样，吓得赶紧跑开。

后来，这些糗事我妈都知道了。

我妈语重心长地说："奎，读书认真点，别太贪玩了。"

我回答："妈，我知道了。我保证不会再贪玩了，好好学习，天天向上。"

我妈露出了欣慰的笑容。

第二辑

人生经历

这件事发生在我读初中二年级，那天是 11 月 22 日。

上午放学后，我骑着自行车往路桥大道行驶，想要过大道，刚转过车把，哪里料到从后面飞来摩托车。两车相撞，我被从自行车上甩了下来。当时，"砰"的一声，我的两手全麻木，头部着地，两眼发黑。当我艰难地从地上爬起来时，已围满了好心人。我转头看到地上已被撞得破碎的自行车，心里特别难受。

我爸闻讯后，慌慌张张地坐村里人的摩托车赶过来。我爸顾不得跟撞我的那人说理，只叫村里人管住他，而后送我到医院。经医生检查，属轻微撞伤，这时，我爸才长长地舒了口气。

村里人闻讯，都前来看望。我妈当时在家也急坏了，看到我回来了，又听我爸说伤得不重，心里的石头落了地。

我爸拿来白花油，涂在我伤处，随后撕下止痛膏，贴在我的腿上。吃过午饭后，送我到学校，并嘱咐我放学后在路边等，他过来接我……

有一个晚上，我村一户人家正在吃晚饭。

忽然，从后门窜进一个怪物，惊得孩子"哇哇"大叫。男主人定睛一看，是一只值钱的穿山甲。他马上关上后门，找来口袋，冷静等待时机，好不容易才将穿山甲弄到口袋里。

这消息像长了一双翅膀，家喻户晓了。第二天天刚亮，人们就不约而同地过去瞧个究竟。小孩子们都很好奇这"怪物"，壮着胆子逗着玩儿。人群中有人提议把它煮了，可以大补身子；有人反对，认为这么大的穿山甲，是国家保护动物，卖它个好价钱应该不成问题。男主人显然经过了一夜的思想斗争，没有接受他们的意见，决意将穿山甲放归大自然。

老屋后面栽着两株茶花树。这是我和我爸精心栽种的。我放学后，都会去瞧上几眼，看它有没有开花。几天过去，花蕾含苞欲放。半个月后，花朵开放了，在阳光的照耀下，红艳艳的，我兴奋不已。但，坏事降临了。

那天，我照常去看它。我猛然发现那朵开得最艳的花不翼而飞了。家里人摘的？这不可能，家里人也特别爱它，哪会去摘呢！一定是哪个捣蛋鬼搞的。

我就像失去了一位朋友那样，感到很痛苦。

我奶奶除了做家务外，空闲时就穿节日灯贴补家用。虽说一天下来只能赚个几块钱，但足以买一天的柴米油盐。在奶奶的带动下，我也跟着穿起了节日灯。我没串多久，我妹也加入了队伍。

我和我妹速度比较快，这归功于熟能生巧。有时，我和我妹也会竞赛一番，高手比较，差之毫厘。这样你追我赶的，也不觉得累。

这种节日灯的灯泡各种颜色的都有，用一根电线串联起来，插上电源，特别是在晚间，会发出五颜六色的光亮，非常绚丽漂亮。我们只是将带有两根铜丝的单个灯泡穿进一个灯帽，然后用左手食指和拇指将两根铜线掰开，贴于灯帽的两边，这样就算完成了。

穿节日灯虽然简单上手，但很能考验一个人的耐心和毅力，我有时一坐就是一整天，一点也不觉得累和烦。

湖南行

那年我才 17 岁。

我接到湖南《文艺生活》杂志社的邀请信；我在该杂志社举办的文学大赛中获奖。

夜幕降下，我进入杭州火车站。

杭州到湖南，一路车马劳顿。

接待我的是杂志社的发行部主任。他热情、大方、好客。他友好地握紧我的手说："幸会，幸会！"

我顿时心潮澎湃，感激和敬意早已溢满了整个心房。

我粲然一笑："谢谢您对我的厚爱！"

湖南菜，色香味俱全，让人胃口大开。大概是因为我不善辞令的缘故吧，酒席间很少说话，只管默默吃菜。

"吃"是一种风度，一种情趣的表现，一种对天性的肯定。酒席间除了相互之间提及"吃"，再也没有别的可以替代了。况且，文友们远道而来，没有什么能比"吃"更显得实在和重要的了。

"睡"也很重要。与我同住一个寝室的，还有两位文友。一位人长得高瘦，来自湖北鄂州，名叫峰；另一位人长得墩实粗壮，来自广州，名叫强。

那高瘦的峰，患有先天性心脏病，家境窘困，沉默寡言。但他那双眸子里透射出来的刚毅的神情是令我赞赏和钦佩的。于是我想起了一句话："人若在大山里长大，大山将融入他的血液……"峰身处恶劣环境，命运又对他很不公平，这是何等的痛楚啊！他之所以没有被屈服、被压垮，正是因为他有一个坚强的信念，有一个文学梦！

那个胖胖的强很能调侃，两人的性格正好形成了强烈的反差。从言谈中我了解到，强是生意人，搞股票赚了大笔钱，写作则是他的业余爱好。

我们三人一起出了房门。路过的女性文友朝我们莞尔一笑，我回以微笑。

大家陆续进了舞厅。舞厅内灯光闪烁，音响迭起，惹人兴奋不已。欢笑声、歌曲声也便响彻了整个舞厅。大家沉浸在无比的喜悦之中……然而，峰却静坐在位置上，看着眼前这喧闹的场面，泪珠盈满了眼眶。此时，没人能够发现峰，也没人能安慰和祝福他。我却来到他的身旁，陪着他，感受着他的不幸。

出人意料地，峰伸出右手，紧紧握住我的手，说："愿我们成为朋友！"

我感动了，向他表达了我的谢意。

第二天下午，文友们都亲切地交谈着，交流着创作心得，探讨着创作技艺。大家无拘无束，有的文友竟然大胆地邀请文联主席谭谈、剧作家王一飞、诗人刘犁与自己合影留念，显得那般从容自在。大家显然都以文朋诗友的身份一视同仁，且不以地位、名气而疏远漠视我这个无名小卒。

在就餐之前，一些谈话投机的文友互赠了名片、礼物、纪念品。我是学生代表，身上什么都没有，所以我在那里显得有些尴尬。我只有接受别人热情赠予的份儿。

座谈会暨颁奖会在那天如期举行。文联主席谭谈首先发了言。他带着激昂的表情，操着湖南口音说："我向你们的到来表示衷心的感谢和崇高的敬意。祝愿你们为繁荣祖国的文学事业作出新的贡献！"

大堂内顿时响起了如雷的掌声，掌声经久不息。

接着剧作家王一飞上了主席台。他颧骨突出，两鬓花白，长方脸，一派文人风度。他畅言道："朋友们，如果没有对文学的一片痴心，你们是不会千里迢迢来湖南的。我们相聚又相离，然而此情是永恒的……我们都怀揣着同一个信念来，也将载回同一首文学恋歌踏上归程……最后，我祝愿大家在今后的文学创作的道路上一帆风顺！"

这是我亲身经历的最有价值、最振奋人心、催人奋进的总结会了！

振聋发聩的掌声过后，颁奖仪式正式开始。

"奎，请上台。"我健步走上领奖台，毕恭毕敬地捧过奖品和证书，深情地鞠了个躬……

颁奖仪式结束后，大家签名并交换了地址，以便日后通联。

操场上，文友们含泪道别。我此时思绪翩翩，想着那些既陌生又熟悉的文友们，就要各奔前程了，我能不感伤悲愁吗？多愁善感的我见此情景能不潸然泪下吗？我一颗颗滚烫的泪珠就这样真切地淌在了脸颊上。

我收拾好包裹，踏上归途……

1. 有趣的小学课

时光回到路北街道后蔡小学。

课堂上，解老师对鲁迅笔下的人物闰土侃侃而谈。

"少年时期的闰土天真活泼，充满活力，与年少的'我'平等地做伙伴，长大之后的闰土却在生活和社会等级的压力下彻底地变了，竟然喊'我'为'老爷'。闰土多儿女，生活相当困苦，已经没有了昔日的活力，而且满脑子的等级观念，说话做事很是小心翼翼，而且已有些世故了……"

听到这儿，我不禁打了一个响亮的喷嚏。

这一声喷嚏，似乎将解老师从某个唯美的意境中拉回到了现实中。

解老师没有针对我，而是语重心长地对大家说："你们上课不要开小差了。"

我转头瞥了下同桌，他是个武侠迷，正埋头专心地看金庸的《书剑恩仇录》呢！在我看来，他可能对武侠小说的内容一知半解，但他这种痴迷的劲儿，确实令人肃然起敬。也许，解老师的话是说给他听的吧，毕竟，我的这一声喷嚏，吸引了解老师关注的目光。

解老师又强调："你们是光荣的少先队员，你们是 21 世纪的接班人！"

这时，有个同学竟天真地发问："老师，离 21 世纪还差 100 多年呢！我们能活到 110 多岁吗？"

解老师一听，脸上露出笑容。他挠了挠后脑勺（这是他习惯性动作），说："这位同学理解错了，今年是 1993 年，属于 20 世纪，再过 7 年，是 2000 年，就是 21 世纪了。7 年时间，一下子就过去了，能活不了吗？"

这么一折腾，同学们的注意力都集中过来了。

解老师出其不意地给大家布置了一篇作文，作文内容是接着鲁迅笔下的故事写，畅想一下 20 年后的闰土和水生，他们之间发生了什么？他们过得怎么样？

此时，我的同桌已把《书剑恩仇录》塞进了课桌的抽屉。他显然听到了解老师刚才说的话，转过脸来轻声地向我探讨："20 年后的闰土和水生，功夫一定很棒吧。一个带'土'，会金刚头钻地；一个带'水'，会憋气潜水。"

我听了差点笑出了声。

2. 老师的那碗肉丝面

偶然翻开一本笔记本，有一段描写中学时代金老师的文字赫然入目：

金老师轻轻地推门进来，嘴角刻着微笑，我的视线早已注视着她了。讲台上，她那飘逸乌黑的秀发，那朦胧如梦的眸子，还有那白皙柔滑的脸庞，更显风姿绰约。她在讲解的过程中，睫毛如蝴蝶的翅膀扑闪着，像是在对我说：你听懂了吗？

瞬间，我的记忆又回到初中年代。有一件事，令我对金老师印象非常深刻。

那是一个中午，我去了学校附近的一家面食店，照常地点着油条和馒头，外加一杯白开水。我是一个农家的孩子，家里条件不好，所以对吃的更没有要求，只要能填饱肚子就行了。

当我盛好油条和馒头，我的肩膀被人轻轻地拍了一下。我愕然地转过身去，不无惊诧地叫了一声："金老师。"

金老师对我说："你经常吃这些吗？"

我看到金老师那双温和的眸子发亮着，她正关切地询问我呢！

我有点支吾："是……是的！"

"这些食物吃多了不好。"金老师补充说，"又没营养，这你应该知道的。"

我没辩解什么，心里觉得金老师说得没错，我的任何辩解都是多余的。还没等我反应过来，金老师就夺过我手上的碟子，并对面食店师傅说："给他来一碗肉丝面。"

我欲言又止。其实不是我付不起那五块钱一碗的肉丝面，而是被金老师的言行感动得说不出话儿来。

金老师示意我坐在凳子上，我很听话地坐在了那里。这时，更让我动容的一幕出现了：金老师竟掏出五块钱给了那个面食店师傅，这是我怎么也没有想到的。

我立即站起来，跑到金老师面前，往兜里掏钱，但金老师摆了摆手，她的眼神已经拒绝了我。随后，金老师微笑着转身走开了。那个师傅已将五块钱放进了抽屉，我僵着不知怎么办才好。我当时就想，等回学校后再把钱还给金老师吧！

我痛痛快快地吃完了那碗肉丝面，把剩余的面汤也"咕噜咕噜"地喝了个精光。我想，这是我吃得最感动的一顿饭了。

那天下午，我主动到金老师的办公室，把五块钱递给她，但她没收下。

金老师笑着说："怎么了，还惦记着那五块钱呀！那碗肉丝面是我请你的，你别放心里去呀！你以后少吃那些油条了，不卫生的。"

我使劲地点点头。话到这个份上，我还能说什么呢？除了说声感谢，我还能做些什么呢？

于是，我将金老师对我的关爱，化作了学习上的无穷动力。虽然那年考试，我临场发挥有点失常，但金老师对我的关爱，令人无法忘怀。

翻开笔记本的另一页，看到一首赞美金老师的短诗：我爱着那双温和的眼睛，是那双眼睛，把我导向了知识的仓库，让我把握了前行的路途；我爱着那双温和的眼睛，是那双眼睛，从亘古的文化中带给我振奋人心的甜蜜，荡起我心灵美丽的涟漪；我爱着那双温和的眼睛，是那双眼睛，闪烁着惊人的魅力，将毕生的学识，注入我的心肌；我爱着那双温和的眼睛，是那双眼睛，教给我隐形的生活的魔方，无时无刻不催我奋进。让我亲切地告诉世人，我爱着那双温和的眼睛。

师情如水，平凡生活中见真情。

3. 开学的那些事

很清晰地记着刚进台职院九峰分院（原台州农校）的感人情景。

那是一位陌生而热情的高年级学生，他陪着我去了教学楼和宿舍楼，帮我找到班主任和同班的几位男生。我当时很诧异，怎么就读文秘专业仅有五位男生。

那个高年级学生戏谑地笑说："我非常羡慕你的班级，这么多的女生。"

我给了一个莞尔，就忙着挂起蚊帐。他神秘地"失踪"了，我还来不及向他道谢。我的内心弥漫了遗憾。

同学们及室友们都来向我问好，我仅以"谢谢"两个字敷衍地应着。我知道自己秉性的缘故，只能这么说了。我苦恼过，也失落过，曾自卑不已。

那个晚上是多么难忘啊。同学们尽兴地畅谈，唯独我整个身儿裹在被褥里，想使自己尽快地睡去，却适得其反。那种初秋的燠热直烧得人难受，与其说是在掩饰自己内心的虚伪，倒不如说是在自讨苦吃、自作自受。我为何狼狈成这般模样？大家表面不露一点"风声"，而内心怜悯我这位沉默着一句话也不说的室友。我困惑了，为自己的性格感到郁闷和费解。

尽管我心里很郁闷，但不能否认这是事实呀！我一度颓废着，心想：让别人说去吧，我走我的路，我与任何人毫不相干。捉摸不透，算了吧，反正我还得活出自己的个性来。于是，我就经常躲在阅览室，看看一些书法、文学类的杂志，很少与同学们接触。

环境的适应性太差，也使我得了学习焦虑症。我生怕自己会掉队，所以脑神经始终处于紧绷状态，加上我的心理素质又不好，学习的热情怎么也提不上来。唯一感到心宽的就是沉浸于文学、书法艺术的天地里，作一次沉睡状。

此后，校园里总闪着那个孤独的身影。他在自己的脑子里灌输了怎样的思想？他到底为什么心甘情愿"与世隔绝"呢？没有人能够了解我的心思，更没有人能让我落寞的灵魂有所依托。

是不是我太孤傲了点，或者有什么特殊原因？如果可能的话，我想出一本书，一本关于青春梦想的书，以此来铭记自己的青春岁月。

记忆让我过去的学习和生活更加富有诗意。在追忆的过程中，我面对的不是自己，而是由此产生的闪耀着火花的思想，我想，这比物质利益更显宝贵了。

当时我就想着如何使自己适应学校的学习和生活。我确信自己在几个星期之内是很难适应一个新环境的。人都有自知之明，一个季节过去了，我若是再独来独往，那不是久宜之策。可能我一直以为自己很有才艺，可是一旦到了紧要关头，就开始有点缩手缩脚了。还好，我没有鄙夷自己。我之所以过得有些单调，之所以有点孤独，是因为我选择了在文学艺术和书法艺术领域中的任意驰骋。不是我目空一切，而是我不想让别人介入我的生活。如果以后确有女孩在影响着我的生活，那也是我心甘情愿的。

为了能给自己营造一种诗意清静的学习生活环境，我不惜刻意伪装自己，但效果适得其反。可能我的内心世界的确需要交流与沟通。姑且不提情感的沟通，单就人际交往，在我的学习和生活中已日显重要。我的确需要别人的勉励和安慰，的确需要宣泄压抑着的无穷无尽的愁怨。

在我思想极度抵牾的时刻，有一位善于察言观色的同窗偷偷地在我的桌子上放了一张白纸，纸上写着："我知道你很忧郁。如果你的心灵深处有着无比痛苦的创伤，或者你埋藏着心中的不幸，请你相信，有四十几位同路人在问候和支持着你，没有任何的苦难能够把你击垮！"

我被感动得彻夜未眠，心中只惦着那几句善意的话儿。

得到同学们对我人品的赞扬和艺术禀赋的认同，我没有窃窃自喜狂妄自大。虽有点受宠若惊，但觉得很自然很平常。因为我是一个平凡的人儿，生活在平凡的世界里，我的最低目标就是做一个好人。

没有尝试过苦痛也就拿不出全身的勇气投入到更为费力的事情中去。

我非常清楚自己的处境，十分愿意为生命的再次扬帆启航做一次全身心的努力。我对生活对未来的向往本身没有过错，错就错在我对自己评估太高，不看重现实。

那时，我只能将文学文本深深地藏于书箱底下，不曾被人阅读，也不曾投杂志社发表。这样低调的生活对于年轻的我来说确实是一大考验。我摆脱不了困境，也摆脱不了孤独；我只能将内心的痛苦掩饰起来，以期达到无人知晓的目的。但是我越想掩盖和埋没自己就越来越被人所关注。

我有时也会产生一些莫名的怨恨，说不上是什么样的滋味，就仿佛身子坠入陷阱那般的痛苦无助。我想，文学本身没有过错，也许错就错在自己对她抱有太多的幻想和美好的期待，自己对她做着一种不切实际的贪婪的欲求。我已预感到自己迟早会深陷进去无法自拔，有些茫然与困惑。

我能克制住内心抵触的情绪，这想必难能可贵了。一个人只有当他能够反省自己，并能以强大的意志力抑制不良的情绪时，才显现出成熟和自信。我尽量不使精神变得一蹶不振，而要让自己超越矛盾的负面影响，战胜自己布下的"精神坟墓"。

人不仅仅是为了追求功名利禄而存活在世上，而且还要懂得如何为人处世，如何判断是非，并且如何修身养性韬光养晦，使自己成为理想的、高尚的，而不是卑鄙的、龌龊的人。

我承认自己是一个愚笨的男孩。我通常不是很机灵地回答出别人的问话。我真的很惭愧自己不是一位思维敏捷善于谈吐的人。不过，我对自己还是充满信心的。

4. 加入文学社

学校的学习和生活是人生的一个驿站，值得留恋和追思。让我印象深刻的一件事，就是加入了学校的文学社。

平常，我很关注学校的各个社团，看看社团有没有在招收新人。

我参与了学校文学社的现场写作竞赛活动，目的是要通过竞争加入文学社，成为一名文学社的社员。如果我能幸运地加入，我想我一定能在文学社得到更好的锻造。

现场作文竞赛，写校园生活，题目不限。

竞赛的精英有几十个。竞赛开始后，大家都投入到紧张的写作中去。

时间一分一秒地过去，我还没有下笔。我极力思忖着校园生活中的素材。我的思维异常活跃，过去的件件琐事乃至生活中的小小细节，都能跳跃出来，在我脑海掠过。我再三斟酌，选择了最熟悉不过的校园军训生活。

我从自己的主观情感入手，从描写教员开始，慢慢叙来，对感人的几个细节描写尤为突出。特别是在写到教员如何严格要求我并且用铁拳击打我的胸膛的那一幕，我更是将当时矛盾的心理展露无遗，刻画出他雷厉的性格和我委屈受虐的复杂心情。

我如有神助地在规定时间内提早完成了作文。放下钢笔，像完成了一项神圣的使命。

一个星期后的中午，文学社召开了集会，邀请我参加。

社长在台上宣布了现场作文竞赛入围社员的名单，我入选了。

我在众人的掌声中走上了讲台，开始了即兴演讲。

"我叫奎，初中二年级开始就尝试创作。之后，我对创作一发而不可收。我只是一位文学爱好者，尽情地徜徉在文学的天地里。在文学的乐趣之中，我会活得更有力量，就会感到生命的无穷光亮。最后我想说的是：当你选择了一项情愿终生为之效力的事业之后，你就要义无反顾地走下去。人生的美丽就在于他能恒久如一地做好喜欢做的事情。谢谢大家！"

此刻，我表达了自己内心的喜悦和激动之情，也诉说了自己对文学的热爱。

我赢得了如潮的掌声。

5. 参加校运会

校运会将在这个秋高气爽的季节里隆重举行。

我报了特长项目：200 米短跑。

经过半个多月的艰苦训练，我力争取得满意的成绩。

我为自己安排好了作息时间，并且有计划地投入到训练中去。

我班不止我一人参加校运会。女生们也摩拳擦掌奋勇当先。

在我班女生中，燕子的身体素质较好，体育成绩也很优秀，更为有趣的是，燕子在晚自习后与我掰手腕。

"奎，再过几天就要校运会了，你准备好了吗？"

"我一切就绪。"我答得很干脆。

"那就好。"燕子迟疑了一下，"我很想与你掰手腕，不知道你愿不愿意哩。"

"真的？我没听错吧！"我还以为自己的耳朵失灵了呢！

"那当然了！"燕子很爽快。

"来吧！"我也很痛快。

燕子绾了绾袖口，露出白净的右臂。她将臂肘轻稳地放在课桌上，并示意我伸出腕儿来。

我理所当然兴奋极了。

我伸过手捏住了她的手掌。

"别捏得这么紧，松开一点吧！"燕子有点向我乞求的意思。

我意识到燕子是女流之辈，用不着使出九牛二虎之力。于是我带点绅士风度地说："燕子，你说怎么掰就怎么掰呗！"

燕子眼神里闪烁着惊喜的光芒，开心一笑："好啊！那就委屈你握在我的腕关节吧！这就好比给我节省了半只手儿的力气。这么一来，也显得我俩对决公正呀！"

燕子不待我思虑周全，就一把夺过我的手，让我捏住她的腕关节。

我心想：随便怎么掰吧。

我们开始较劲了。

我先使出五成之力，却没料到燕子的力气是这般之大，这跟她时常加强体能训练是分不开的。我先前还片面地以为燕子力气平平，没放心里去，这时才明白她为何愿意向我挑战的原因了。

我使出八成之力，不想让自己轻易地败在燕子的手下。这样的僵持状态持续了十来秒，于是我抬眼端详燕子：她青春的脸蛋涨红着；那张红润的嘴唇很乖巧地紧闭着，似乎牙齿都在较着劲儿；那鼻翼翕动着，呼吸很局促……我的心一下子软了。

"不会吧……"我感觉自己无故地败下阵来，心有不甘，"燕子，我们再掰一次吧！"

"那好吧！"燕子没有犹豫。

我们开始了第二轮的真实较量。

我抛开所有杂念，终于拿下了。

终于盼到了校运会。

运动健儿入场完毕，模拟国家体育赛事升国旗奏国歌。结束了这些繁复的程序后，领导在台上发表重要讲话，随后运动健儿宣誓、裁判员宣誓……

比赛进行中。

我定了定神，把所有的杂念都抛之脑后。

我蹲着，手指撑着地面，人向前倾着，等候着枪响……我注定要成为强者。

"砰"一声过后，我只感到清凉的秋风在我的身上拂过，还有自己的气息在涌动。我已和风儿融合了。

我忘乎所以地跑动，忘乎所以地挑战各位选手，忘乎所以地追寻生命运动的美丽……第一个碰到了彩带。我知道我在跑道上成功了，在运动场上成功了，在人生的起点与征途上成功了。

在人群中我蓦然发现了燕子。可能是因为那双明亮真诚的双眸吸引了我的视线，我渴望她带给我祝贺的话语。

6.练习硬笔书法

后来，我也加入了学校的书画社。

在传统的毛笔书法和当代的硬笔书法之间，我选择了硬笔书法。

硬笔书法是当代的艺苑奇葩。其线条刚劲挺秀，结构均匀简洁，骨感突出，明快清新，尤为我所钟爱。

对于硬笔书法，虽然混了点头衔，但真正实力似一个嗷嗷待哺的婴儿，正在成长的阶段。我运笔生硬，张弛失度，虽勉强能做到形似，但对用笔技巧、结构特点等，尚不能一窥其奥妙。也就是说，我对硬笔书法的认识，还只是停留在朦胧的感性认识阶段，还没有升华到理性认识的高度，运笔随心所欲，只附于表象，谈不上什么精华，更别说独创风格特征了。

人格、修养、学问，对于习书来说是不可或缺的重要因素。有道是人品高，书品自高。在以后的习书中，我更应提高自身的素质、涵养，使书法日趋精纯、深湛。

爱好书法的人未必就能成为大书家。我不必去奢望，只要有这个兴趣就行。

　　时间过得真快，转眼又是一年，还有一个学期我就要毕业了。最后一个学期是实习，学校只要到时能交出论文就行。

　　那时，我和我爸通常在过年前卖春联。我卖春联的目的有两个：一是为了培养自己的社会实践能力，为以后的工作奠定基础；二是通过自己的智慧和才干赚上一笔线。卖春联可不是件容易事儿，不过有父亲做坚强后盾，即便有很大的困难，也能迎刃而解。

　　我虽学的是文秘，但在课外也读过一些市场营销之类的书籍，我对营销策略、价格策略等有一定的了解。学以致用，故而尚能抓住顾客的购买动机和购买欲望。其实顾客的心理是最难揣摩的。他们好像都是"行尊里手"，甚是挑剔。若是春联有丝毫破损，或拒之不要，或见缝插针大肆压价，这就看如何应付了。韩愈说得好："不积小流，无以成江海；不积跬步，无以至千里。"卖春联的技巧同样需要靠积累，同样需要在实践中不断地总结经验。

我确实感到生意经营之艰难。做生意，搞买卖，无不渗透着公共关系的接纳和处理，无不展现着驾驭市场营销的能力。要想真正在生意场上获得成功，就得将理论和实践有机地结合起来，并融会贯通，付诸实践。有道是"一分耕耘一分收获"，在仅仅几天的时间里，我居然卖出了几百副春联。这么一来，左邻右舍都夸我："这孩子可是一块好料，将来定有出息。"我也对自己的前途充满了信念。尽管说我如今在社会实践中获益匪浅，也未必昭示着我在未来的人生路上一帆风顺，因为人生的道路是曲折的、坎坷的。成功只是开端，成绩也只能代表过去。

　　跨入新世纪、拥抱新世纪，诸多的挑战潜隐在我身上。这是一个知识大爆炸、科技大飞腾的时代，谁稍有松懈，谁将招致失败。我并不觉得轻松。我要正视现实，勇敢地面对我的人生。无论我将来从事何种职业，我都会做到认真、细致、踏实。生活的艰辛已迫使我坚强起来。我要做到不为世俗所困惑，不做庸俗之辈。

　　实习，对于大多数人来说，应该是享乐的日子。然而，我却把它当成是锻炼才干和磨砺意志的最好时机。我不看重实习究竟能够取得怎样的成果，或者说直接进入某单位开始我的工作生涯。我想，在涉世之初，实习有助于人的精神品质的培养。实习的最大目的是给人生以正确的启迪，并培育坚定的职业理想。人的能力、爱好和兴趣，将对自身的择业产生一定的影响。在现今社会之中，工作问题是至关重要的。人们根本无法摆脱工作而生活，也无法脱离物质而生存。可想而知，工作维系着人的生命，同样也推动着人类的文明和进步。

　　在实习之中，我感悟出"深、苦、实、勤"这几个字的沉重分量。所谓的"深"，即是对本职的工作深入地研究和细琢，达到理论与实践相结合，把所学的知识，所具备的各种能力有效地发挥出来；所谓的"苦"，是能够担负起重任，能够在任何情境之中任劳任怨；所谓的"实"，即实事求是，把工作做得稳妥踏实，能以现实的态度估量工作中所涉及的问题，并能加以纠正和改进；所谓的"勤"，乃是毫无顾虑毫无保留地付出精力，投入到工作之中，并以工作中的实绩再接再厉，以更加勤奋和饱满的热情迎接新一轮的工作。

源于我的秉性，适合一些内勤或服务的工作。比如文员、教师、编辑等等。如果我能够找到一份与专业相吻合的工作，那是最好不过的了。

我第一站是去了浙江的一家公司实习，这是由人才市场介绍的。我对于那里的工作环境并不在乎，我图的就是锻炼自己。当然，我还想借此机会展示一下自己的才华。

何总是公司的老板。他为人直爽，从接触当中我就捕捉到了这一可贵的气质。我想，正因他洒脱、坦诚，才使他于繁忙的事务中应付自如、左右逢源。我常毕恭毕敬地向何总讨教工作中的问题，他只要有空闲就过来跟我聊聊。他谈及"敢作敢为"，正与我的心灵息息相通、不期而合。真是"英雄所见略同"，我佩服何总的才能和思想。与他调侃，我会将肚里的墨水不断地灌输出来，是想赢得他对我才华的认可，同时想赢得他对我良好的印象。确确实实，"敢作敢为"在工作和交际中几乎无时不在，无时不散发着斑斓的魅力。何总的人格，已深深扎进我的脑海里。有时回忆，似馨香沁人心脾。我想，何总对事业的执着追求的精神已刻入了我的思想里。我差之远矣！

深知居于蓬户瓮牖，初出茅庐难免会遭受一些挫折的。生命难以去除尘廛，但能活出些许价值和意义也就难能可贵了。社会是锻炼人的熔炉。兴许，我能在不断积累的经验中顺利地把握未来奋斗的方向。我能感受到生存和发展带来的巨大和热烈的冲击力；我能品尝出生活是如何得繁忙和令人无可奈何……凡此种种的感悟和心得，都能成为心灵提升的前奏。

如果我能够像贤哲安宁地固守生命的芬芳，我就能将人生的疙瘩清除。可是我的内心总是潮起潮落，总是波澜壮阔，灵魂的骚动已爬满了我的整个心房。我要克制我自己。我要踏实地做好身边的每件小事，哪怕是微不足道、毫不起眼的琐事，那样就对得起生命，也无愧于岁月了。往往在不经意或毫无感知之时，生命的真实便铺展开来，我就能拥有恬淡自乐的人生。

我静静地坐在凳子上，双眼无意识地望着穿梭不息的汽车在道路上飞驰，这是司空见惯的了。学校的学习、生活离我远去了吗？它成了我人生路上的一个驿站。我感到自己无处可以施展才华，所以陷入了一个迷惘的困境。初涉社会，就感到人与人之间有些隔阂。人的自私、虚伪、欺诈，皆原形毕露。

我又去了人才市场。那日正逢人才集市，所到之地人才纷至沓来，络绎不绝。我好不容易挣得就业咨询的机会。之后，我拿到了一张印有"某某介绍所"图章的介绍信笺，里面写有我的姓名和欲寻的职业。我根据上面提供的地址找到了一家公司。进入后，观其装潢还算体面，里面的布置井井有条。经过细问之后，才明白此处乃推销产品之地，招收的是业务销售员，即以基本工资做底，外加利润提成和奖金。回到家中，卧床辗转反侧，扪心自问：你有业务能力吗？望洋兴叹！无奈与无助是必不可少的，但我并不因此而气馁，我有的是雄心和信心。在我的世界观和人生观里，始终蕴藏着"拼搏"，尽管它曾一度被我压抑过，失落过，讥诮过，但它仍旧以催人奋进的力量促成我对学业、工作、处世的认可和攀缘，促成我将人生的信条坚定不移地贯彻和执行下去，无论将来在茫然的世间遭遇何种打击和挫折，都以一片赤子之心度过短暂而又漫长的人生。

我的确很抵牾、很迷惘。对此，我很希望有一位哲人指点迷津。可是当我清晨蓦然回首那一夜亢腾的过程，发现那位平凡却鲜活的哲人竟然是自己。我自己战胜了自己，把问题思考得很透彻，难道不算是一位微不足道的哲人吗？至少在我的脑海里闪现出了有生以来最值得敬畏的贤哲的轮廓，也许他是上帝，也许他是冥神，但终究它还是自己思想的所在。我无限感怀，能为有这样片刻的思维之火的闪现而感到庆幸和欣悦。如果在未来的某个日子里，我的思想情感真的能够达至我所期望和向往的境界，这将是我为人最为荣耀的事情。

几经周折，我去了派出所实习。

我有自己的特长，那便是写作和书法。很多人都欣赏我写的字，这是不可否认的事实。派出所可以说是书法精英荟萃的地方，那些记载笔录的民警们，还有管理内勤的人员，字写得或清秀隽丽，或粗犷豪放，我很欣赏，但并不嫉妒。这更激起了我学好书法的欲望和赶超的决心。

在派出所，写新闻稿和拟写简报是我的两大重要工作任务。这里的总结性和汇报性文稿的撰写早已由徐主任一人包揽。在此之前，那位应先生专任新闻稿和理论稿的撰写。他有空闲就与我聊侃。我了解到他是一位有着较强事业心的人。他从大学地理系毕业已有十余年，在此期间，他参加每届的公务员考试，不是没有通过就是面试不够合格，我对他挺同情和惋惜的，同时也对他有着坚定的共产主义信念和坚强持久的意志品质由衷地感到敬佩。事业也好，情感也罢，总有流逝的时候，然而长久地留存于世间的是充溢了正义和美德的生命足迹。

我在派出所只能充当配角，并且这样的角色会延续下去，一旦有中断的可能，也平心静气地直面惨痛的现实，继续我的耕作和生活。曾经多么希望自己在成长的路途中得到满目的鲜花和掌声，而今却感到过去的想法是多么幼稚可笑。也许这是我的梦想，对我而言现实生活中缺少不了美丽的夙愿。在严酷的现实竞争中，充斥着的是工作的辛酸和劳累，更没有享受人生可言了。沦落至俗世，在俗世中虚度光阴，有时竟也莫名地伤感流泪，情不自禁地为生命的懦弱而悲怆。我多么期望时间能够停滞甚或倒流，能再让我以诚挚的心争分夺秒地感受过去啊！

　　工作是一笔不小的人生财富，转化为我拼搏的精神动力。派出所的实习就是对自己的心路历程的最美好的诠释。我在工作中学会了一些本领。比如新闻稿的撰拟、复印机和传真机的操作、文件的归档、网上查询等。现代科技的迅猛发展，对人才素质的综合要求越来越高，尤其是能否快速地适应并掌握一些先进的技能，是衡量人的能力和素质的标准之一。所以，我要追随着时代的潮流、紧跟着社会的步伐。如果我不能将知识和技能有效地服务于这个社会，不能实现人生的价值，那么，除了孤芳自赏和自娱自乐，我的辛勤劳作还有什么意义呢？

　　那些在自然界盘曲着"青筋"的是河流，那种在社会生活中偾张着"热血"的是崇高的人生信念。与那些狂热的工作者相处在一起，就催生出强烈的生命责任感，激发起无穷的才智和潜力跳入竞争的涡流。我不敢妄自揣测我的未来是美好的，我想我随时都有可能被社会、被自己所击垮。现今社会的确是这样的，如果我老想着偷闲取乐，那如精灵般的机遇就会从时光的缝隙间不知不觉地溜走了。

　　那些自称"平凡"的人们的价值取向和人生理念可能发生了某种程度上的扭曲。他们所谓的"平凡"，其实是"平庸无为"的消极思想的反映。我们所要理解的"平凡"的深邃内涵，即恬淡安宁地生活在世间，并且用勤劳的双手浇灌出生命的花园，培育出希望和幸福的幼芽。人类是前进和发展着的，时代呼吁的是杰出的精英。祖国的繁荣昌盛，社会的富庶安康，靠得是无数有着豪迈的事业心的人们，因为从那些坚强勇敢、无私奉献、不图索取的高尚的人们身上，我看到了冉冉升起的晨晖、看到了久违的生命狂潮。

求知是我对自己的许诺。在派出所实习，我每时每刻不忘学习新的知识和技能。如果一个人沉醉于求知的兴奋之中，可以物我两忘，那是怎样的一种境界呀！或许人们都渴望自己学识渊博、技艺超群，这不失为一种积极正确的人生态度。然而生命是有限的，人们未必如愿以偿地学到全部的知识。那些追求理想的人们一旦找到一条适合自身发展的坦途，就一往无前地奋斗下去；而迷惘于人生的岔道口或崎岖的山路中不能作最后清醒的抉择，就会寻致平庸无为的结局。当人们痛苦沮丧时，他们已真正感悟到事业的艰辛；而当他们超脱了这种苦恼的心境而对事物泰然处之时，他们就可以这样豪壮地说："活着就是幸福！"

我不过是少数心甘情愿的"冒险者"而已。对待事业我是诚心诚意的，毫无畏葸瑟缩之念。兴许我说得有点过，然而那种不落俗世的高尚精神是不会欺骗自己的。因为我知道自欺欺人只能将自己更深地陷进泥潭中去。生命是如此渺茫和微不足道，但既为"人"，就应当好好地珍惜和善待生命，让它完美地度过每分每秒！

事业无形的火焰令我滋生疼痛和振奋，像一壶烈酒饮入体内，浸入每一个细胞，驱使着无比滚烫的血液撞击着心壁，并剧烈地回响。我想，人类是躁动的、火热的。有人表现得含蓄委婉，隐其锋芒，让那种"蠢蠢欲动"只在心里搅拌，表面看不出丝毫的浮华；有人是虚伪的，歪曲了自己的灵魂，把真实的生命痛快地扼杀掉了。在这种激烈竞争的氛围中，不表现自己，不展露才华，别人就无法了解你了。

派出所的内勤工作较为轻松，虽然有时觉得很忙碌，但这种忙碌不会持续很久。这正如潮起潮落之现象，高潮之后总有平息的时候。工作紧张又松弛地交替进行着，更有利于生理上的调节，有利于身心健康。派出所的工作环境较之一些企业、工厂还算是清静的。

人际关系固然是重中之重。我可以毫不夸大其词地说，事业的成功离不开交际。这对我来说是一个重大的考验。我是一个不喜交际的人，平时除了工作需要与人交往外，其余时间不是沉默寡言，就是舞文弄墨。我的工作主要是写稿为主，而我的兴趣和爱好也是抄抄写写之类的。与其说我是在为生存、为生活而精心耕耘，倒不如说我找到了一条适合自己发展的道路。前程未卜，从今往后我还得多加努力啊！

我定当不负众望，挑战一切并承担一切。我有我的习惯，我的思想，我的个性。我要时常反省自己；我要学会冷峻地对待人生，不管今后如何，都要认真地去学习、去工作。

夜市的遭遇

在夜市，倒霉的事情发生了——我的手机被偷走了。

事情是这样的。那天傍晚我骑自行车去了夜市。夜市摆地摊的特别多，东西琳琅满目的，直看得人眼花缭乱。

我当时边看地摊上的物品，边心不在焉地推着自行车。

突然，从侧面闪出一个人来，那人中等身材、平头。因为是夜晚，我对那人的长相看得不是很清楚。

那人把腿有意无意地伸过来，伸到我的自行车前轮的钢圈上，着实把我吓得不轻。

当时，我魂不守舍的，还以为这下可坏事了，自行车把别人的腿给卡了，这可怎么办呀

只听那个男子叫了一声"啊哟"，我赶忙刹住车，说："对不起啊，你没事吧？"

我说完就靠过去看他的脚踝有没有受伤。

那男子嘴里仍呻吟着，表现出一副痛苦的模样，吸引住我的眼球。

我内心直嚷嚷：今天真见鬼了，不小心把别人的脚踝弄伤了。

正想时，感觉有个人从我的身后闪过，轻轻地碰了我一下。

我当时也没在意，心里还担心着要不要赔点钱给人家了事。可那男子竟然把腿抽回，不跟我理论，一声不吭地朝人堆里走了，还一瘸一瘸的，确实有点可怜。

正当我骑上自行车回家时，感觉口袋瘪瘪的，有点不对劲，就顺手摸了一下口袋，这才发觉手机没了。

我回想起刚才的一幕，还有身后碰了我一下立马闪掉的那个人。可以确定的是，那肯定是他们的鬼把戏。他们一个移开我的注意力，一个对我下手，着实可恶至极。

当时我的手机里还有一百多块话费，我想到的第一步就是把移动号码锁了，那样我的话费就可以保留下来了。

随后，我骑着自行车去派出所报案，民警给我做了笔录。

当民警问我的手机串号多少，我茫然了。我根本不懂得什么是手机串号。民警说手机保修卡上可能有，可我这部手机已过了保修期，手机保修卡早就丢掉了。

看来没戏了，没有手机串号的报案，跟没报一个样。无奈之下，我只好怏怏地回家了。

隔天，我去了移动营业厅补办了手机号码，那个号码是我用自己身份证注册的，所以很快就将卡补回来了。值得一提的是，移动公司有这样的规定，一年内第一次补卡是完全免费的。免不免费，移动公司工作人员的服务态度还是蛮好的。

有过这样一次经历后，后来我每逢去夜市都特别小心谨慎。由于夜市人挤人，就需要时刻提防着，若是身上携带着一些值钱的东西，千万不能被贼给盯上。

我们不能被那些假象所迷惑，那些假象也许就是一个陷阱，是坏人设置的一个圈套，需要时刻警惕。

　　我是一个喜欢阅读和写作的青年人，是个土生土长的农家子弟。然而，在一灯如豆、四壁清辉的晚间勤学过程中，我的视力渐渐下降了，这令我很是担忧。于是我试着滴眼药水，但没有一点效果。

　　我妈让我去配眼镜，我应允了。

　　我先试着去配隐形眼镜。我这人含蓄，可能戴隐形眼镜更适合我的个性。

　　在那家豪华气派的眼镜店里，年轻的服务小姐向我推荐着林林总总不同牌子的隐形眼镜。我刚接触隐形眼镜觉得新鲜。那晶莹剔透的薄膜，能有那么大的作用吗？在好奇之下，我将需求的目光投向了它。

　　我看了看标价，摸了摸兜里少得可怜的钞票。我狠狠心，买下了价钱一百块左右极其普通的"半年抛"型的隐形眼镜。

　　可是，我拿在手里却不知如何使用，因为此前就没有看过任何有关隐形眼镜的使用说明。但这并不要紧，服务小姐已开始耐心地给我讲解隐形眼镜的知识，讲到了怎样分辨镜片的凸面和凹面，怎样用食指小心地托住镜片并将镜片戴进眼眶，以及怎样在卸镜之后做好镜片的保养。我觉得自己坐在那里像是在聆听老师的讲授，心里暖暖的。

她开始给我戴隐形眼镜，示意我放松精神，不要过于紧张；她轻巧地掰开我的眼睛，我忍不住眨了一下，隐形眼镜溜出来了；我神情异常紧张，可想而知，第二次还是没有戴进去。这么一折腾，我的眼睛有些发红，眼泪都掉了下来。她连忙递过纸巾，我实在过意不去。

她说我的眼睛若是再睁大一点就好了，那样戴起来就会顺利多了。我依照她的吩咐闭目休息了一会。

我觉得她挺有耐心的。我这么耽误她的时间，她却不急不躁，依然那么热情周到，让人心生感激。

这次我很听话，尽力睁大了眼睛，终于成功了。她告诉我第一回戴隐形眼镜，眼睛会有些不适，戴了四五个钟头就可以取下镜片，下回再逐渐延长时间。

第二天，我又回到那家眼镜店，原因很简单，我弄了老半天，根本不能将镜片戴进去。她又帮了我大忙。接连数天，我老是去眼镜店麻烦她帮我戴隐形眼镜，一直过了五天，我终于能自个儿戴隐形眼镜了，不过却费了很长时间，要是以后按时上班，我怎么来得及呢？我觉得这种顾虑并不多余。这样会浪费我的时间。我想到的好办法就是将隐形眼镜换成普通眼镜，那样自然就方便多了。

于是，我摘掉了隐形眼镜，换成了普通的眼镜。

助人为乐

在报社工作之前，我还在路桥区机动车驾驶员协会上过班。那时，我管理驾驶员的违章学习。

我碰到了一位残疾人，他腋下撑着拐杖，一副可怜的模样儿。

我问他来我这儿有什么事儿，他哭丧着脸向我倾诉他的不幸："今天我骑着正三轮车在路上被交警拦住，他说我没有驾照，又超载，被他无情地罚了单。你说我冤不冤，我是温岭人，来路桥买了这辆三轮车，那是政府支持的啊！为了养家糊口，不得已才想揽客做生意，攒几个钱儿，过年到了，也好过个吉祥年啊！看在我残疾的份上，你就开开恩吧，把我被交警拖走的三轮车拿回来吧，我给你磕头了！"

我被他感动了。我知道他的苦衷，他生活的艰难，他确实需要帮助。但我不管这事，也没有这么大的权力。他跟我诉诉苦倒是可以，让我解决问题，我无能为力。

我看见他对我眨了几下泪眼，转身走开了。我就松了口气，想想不会再有这类烦恼的事情来缠我了，于是就埋头做自己的活儿。

可是没过十分钟，他又踅回来了，手里多了一包香烟，我顿时明白是怎么一回事了，他误解我的意思了。

当他将这包香烟扔在我的桌上再次乞求我时，我真的为难了。我为他的那份诚意感动。

我说："交警部门到时会把三轮车还给你的，但是罚款那是在所难免的，因为法律是有明文规定的。"

我说时将香烟塞回到他的衣兜里面，并且说："我不吸烟，谢谢你的好意了。"

他听了不会扣掉新车时，脸上掠过一丝惊喜，又可怜巴巴地说："我家住温岭啊，我怎么回家！你不知道，我家离车站还有几公里路啊，那里又没有公交车，我这个拄拐杖的残疾人怎么回去啊！你一定要给我想个办法啊！我家还有七十岁的老母亲，还有五岁的女儿啊！我没有妻子了，她已在我残疾后离家出走了，这个家不能一日没有我啊！求求你帮我拿回这辆新车吧！"

他的眼泪已扑簌簌地掉下来，那张黝黑的脸上密布了岁月的皱纹，显得有些苍老。这看上去与他的实际年龄极不相符，四十多岁的他就好似年逾半百的老伯。我想他是被生活折磨成这样的，因为从他的脸上我看出他承受的苦难。我打算托关系先将车子还给他，但上面规定需要留下两百块钱，明天回来再补办手续。

当我向他提出这个办法时，他爽快地答应了。他往兜里掏钱，可掏来掏去只有一百多块钱。我有点踌躇了，他还缺一百块钱，若是他不回来，那另外的一百块钱不是明摆着要我给他垫上吗？在分秒之内，我的脑袋在极力排斥着这种方法。但我想不出别的有效可行的办法。

他好像看出了我的心思，握住我的手说："你不相信我吗？我明天如果不回来，我不得好死啊！"

我一阵心热："那好吧，这钱我先为你垫上了。待会儿我联系好了，你就可以取车回家了！"

他听后再次握住我的手说："太感谢你了！你是好人啊，我这辈子是不会忘记你的！"

当事情办好后，他才满心欢喜地离开了。

第二天，我还以为他不会回来了呢！正当我有这方面的猜测时，他就面带笑容地进来了，操着温岭口音清着嗓子感激地说："我太感谢你了！"

只见他摸出一本绿色的残疾证，同时也摸出发票。

我翻开他的那本残疾证，是四级残疾。我问起他为何残疾的，这正触及了他的伤心处。

他没有拒绝我的提问，徐缓地说道："当时我在一家胶漆厂打工，我为了挣钱才去那里的。在不到半年的时间里，我沾上了有毒的胶水，我也不知道那叫什么来着，反正是用来粘皮鞋底的。毒性发作之后，我强壮的身体再也抵御不住可怕的毒魔了，我被无情地击倒了。我真不敢想象这是残酷的现实啊！当我被家人、亲戚们送往医院抢救时，我才知道我的生命已危在旦夕，我极有可能被毒魔吞噬掉我年轻的性命，我多么渴望能活下去啊！我还不想这么早就离开人世！我有强烈的求生欲，心里想着我一定要跟毒魔决一死战，我相信自己不会就这样白白地死去的。在众亲友的帮助下，大家纷纷为我捐资，我妻子也四处奔波借钱，好不容易凑足了几万块钱，才捡回了我这条卑贱的性命。但我又不得不面对残疾的现实啊！若不残疾，我还能撑着铁拐站在这里吗？也就在残疾后，我的美丽而又贤惠的娇妻受不了别人的说三道四，承受不了我带给她的重重的债务，就一声不吭地收拾行李出走了，至今杳无音信啊！就在那一刻，我仿佛感到生命的天空顷刻就要塌掉了。我当时有一头撞墙死去的念头，但我又想到刚满三岁嗷嗷待哺的女儿，还有年逾古稀的老母亲，我就这样忍心去死吗？更何况，我对得起大家出资捡回我的贱命吗？对得起那份贵重的爱心吗？我再一次征服了自己。我还没有做到赡养老母亲的义务，还没有亲手抚养稚幼的心爱女儿啊！这些年来，我忍受了常人难以想象的苦痛，担负起了这个让我绝望又令我充满希望的破碎之家啊！"

我非常同情他现时的艰难处境，又对他妻子弃他和幼小的女儿一走了之感到愤慨。她这么做还有一点人性吗？既为妻子又为母亲这样做是不是太绝情了呢？难道这不为道德所谴责吗？我真希望人间处处显真情，处处充满着爱。

我愿他好人有好梦，下半辈子幸福吧！

　　我接到一个同事的电话，她叫我去一下她的办公室。

　　我大惑不解。她叫我有何贵干呢？会不会找我闲聊呢？我可没有这份闲工夫呢！

　　当我带着疑问有些好奇地进入她的办公室，她就热情地站起来邀我坐下，我就更觉得莫名其妙了。于是，我试探着问："你找我有什么事吗？"

　　她笑而不答，从她的抽屉里拿出几沓红彤彤的请柬，我一看就明白是怎么一回事了。

　　她递过来，说："帮个忙吧！"

　　"不客气！"我接过她手中的婚礼请柬，一笑，"什么时候结婚呢？"

　　"就后天——情人节。"她有意加重了"情人节"这几个字，显然她很在乎自己在情人节结婚、办喜宴，那将是她一生值得铭记的日子，这个日子对她来说将有多么重要。一个人，不管是男人还是女人，一生能有几次这样的日子呢？也许一次就已足够。

"因为你的字写得很漂亮，所以我叫你来代劳了，你不介意吧？"
她说时从抽屉拿出一支非常精致的钢笔。我在她俯首拾笔之际，看到她
那张愈发美丽红润的脸蛋，那张脸儿正洋溢着幸福的微笑。

"不介意，那，你能邀请我吗？"我知道她会请我的，不过我还是
装作不知情的样子。

"那当然了！"她接着说，"我们认识又不是一天两天了。我还记得，
我刚进来时，你是第一个过来跟我打招呼的，问了我的姓名，也问了我
的手机号码。我们既是同事，也是朋友。"

我无言，默默地铺开婚礼请柬，在隔行的空白处写下了她结婚的日
期、应邀的嘉宾、酒席的地点等。我已经感觉不到自己在一笔一画地练
着钢笔字了，我仿佛觉得自己在完成一项神圣的使命，那是一个步入婚
姻殿堂的女人交付给我的光荣使命。

在报社的时光

我在报社工作近十一年。

我是 2006 年进的报社,一直从事报纸校对工作。在校对的工作岗位上,兢兢业业,一丝不苟,尽力完成报纸版面的校对任务。遇疑难问题,或求助于词典,或请教司事,或问编辑、值班总编,不放过一处"拦路虎"。

我也想过当记者,但因秉性的缘故,不善于交际,所以校对工作还是比较适合我的。

校对工作通常是上晚班。那些年,我已习惯了上晚班,有种"挑灯夜读"的快乐。每天与语言文字打交道,内心是无比充实的。翻着词典,解疑释惑,每天都在快乐学习中。我不否认这份工作单调,但单调也有单调的好处,摒除了繁杂与喧嚣。

又到工作时间,办公室内一片忙碌的情景。我们的工作程序一般是先到照排室打印稿件毛坯,打出后修改字句,一般是错别字为主,将修改好的文章送到照排室,让照排室的工作人员在电脑上修改,修改保存后，又重新打印一份，将修改过的地方再校对一遍，若无发现错误之处，送交编辑处清样，然后再送给由编辑、记者组成的"第一读者"，最后送到当日值班总编处清样，并将清样好的"成品"送回到照排室，让照排室的工作人员将"成品"传到印刷厂；第二天印刷厂印刷完毕，就将报纸由投递员送到各个单位和部门，供读者阅读。

当我拿到印好的报纸时，作为校对人员，心情是忐忑的，因为数以万计的读者正捧着报纸阅读，如有差错，有些读者会打电话反映，所以，校对工作如履薄冰，丝毫不能懈怠。试想，当读者看不出文章的差错，享受着阅读的快乐时，我的内心也是无比惬意的。

勤能补拙。对于文字的热爱，促成我一如既往地完成好每天的校对工作。

做自己喜欢做的工作，心理上会有愉悦感。客观地说，这一路走来，我还是比较胜任校对的工作，也对这份工作充满了热情。这份工作也使我养成了一种好习惯，那就是做每件事情都格外认真仔细。这种习惯的养成，跟工作上的小心谨慎有着莫大的关系。

在报社，我和同事们相处得很融洽。我们曾一起聚餐，一起驱车去摘橘子，一起参加同事间的结婚喜宴。

十一年，是漫长而又短暂的。有感叹也有惊喜。感叹时光如梭，白驹过隙，恍然如昨；惊喜自己在喜爱的岗位上坚持了这么久。

只要坚持，梦想总是可以实现的。对我来说，梦想就是让家人过得更好一点，过上幸福的生活。台州这座温暖的城市，接纳着如我一样的底层工作者，我心生暖意。

我心怀感恩。感恩报社给了我一个展示才能的平台，感恩同事们相互鼓励、共同进取。办好一份让读者满意的报纸，这是所有报人的奋斗目标。

路漫漫其修远兮，吾将上下而求索。

报社校对工作要上夜班，工作在椒江，家在路桥，孩子在路桥上学，跟孩子交流的时间就更少了。身为父亲，我希望给孩子更多的照顾，2017 年，我离开了报社，回户籍地路桥工作。

我选择图书管理员这份工作的想法很简单，图书馆离家近，可以照顾到家里，这份工作又跟书打交道，我很喜欢。

刚到图书馆时，我虚心向老员工学习，提高自己的上书速度和理书效率。在图书馆流通部，每天都有读者还回来的图书，需要将图书上回到书架，并且将书架整理整齐。老员工熟门熟路，我是新手，慢手慢脚，但这不影响我对这份工作的热情。为了提高自己的工作效率，我不断学习上书理书的窍门，有了很大的进步，熟练度也有了很大的提高。

除上书理书外，我还要学习借还书操作系统，有条不紊地进行借还书的操作。

图书馆流通部是窗口部门，每天要面对不同的读者。服务读者是我们重要的一项工作。

为了能更好地服务读者，我做到热情友善，想读者之所想，急读者之所急，及时解答读者提出的问题，为读者找到图书所在的位置。我树立以读者为中心的服务理念，把读者的满意作为我的第一追求。

与此同时，我和同事相处和谐融洽，每年工会组织集体活动，我都积极参与，乐在其中。

我对自己要求严格，不断提升自己的文化修养和文明素质，勤勤恳恳、任劳任怨、一如既往地做好图书管理工作。

虽然我周而复始地做着这份简单的工作，但内心是无比愉悦和充实的。

闲暇时间，我就会拿一本书坐在图书馆里阅读，好像自己也是一位读者。有时我会拿出字帖练习硬笔书法。

或许是热爱文学带来的力量，我面对工作和生活，总是比较乐观豁达。

拆迁之喜

"老同学，我终于领到新套房钥匙了！"李同学激动地将这个振奋人心的消息告诉了我。

李同学盼星星盼月亮，盼了好几年，这回总算盼出头了。

李同学所说的套房，地理位置极为优越，是附近几个村的安置套房。

"你看，别人的安置套房分到手都已三年了，我的怎么还迟迟没有消息呢？这到底是怎么回事呢？"数月之前，李同学偶尔会在微信朋友圈发发这样的牢骚。对于老百姓来说，分房事关他们的切身利益，他们能不急吗？

"你不要急，又不是你一个人等房子住，该来的总会来的，你还是耐心等待吧！"我这样安慰李同学。

李同学之所以急着想住进新套房，是因为老房子早就被征地拆掉了，李同学一家被安置在只有两层高的排屋里。这种过渡的临时房，比起以前的老房子，差得远。但新套房还未安置分配，只能将就着住在临时的排屋里。

李同学给我晒出了早几年前就已签订的拆迁协议。他告诉我，按照协议上说的，他老早就分到套房了。由于安置套房涉及多方利益，安置时间一拖再拖，分配方案一改再改。

"这套房就像剩女，现在终于出嫁了！"

从李同学幽默的话语里，我能感受到他领到房门钥匙后的喜悦之情。

我问："分到几套房子了？"

李同学说："我自己、老婆、孩子，一共两套，加上我父母的一套，总共是三套房子。"

我由衷地赞叹："啊，这么多房子呀，老兄你这辈子享清福了！"

李同学粲然一笑，拿出了套房的设计图。

我仔细地看了看套房的设计图，说："两厅三室两卫两阳台，挺好的呀！"

李同学说："这样的设计，实在是太大众化了。接下来，我先把第一套装修好，早点入住，摆脱排屋之苦。"

我点点头，表示理解。

套房分配是以抓阄的方式进行的，也就是说，在一个纸箱里装满了各个楼层的编号，人们按序上去抓阄，这就看运气了，运气差的摸到低的楼层，运气好的摸到高的楼层，也只有这样才公平公正。李同学摸到的楼层都在十层以上，这算运气较好的了。补了剩余的房款，也就顺利地拿到了房门钥匙。

李同学就在微信朋友圈发出了装修截图。我看了他的截图，迅速地点了个赞。

接下来的两个月，李同学在微信朋友圈里狂晒装修进程。

两个多月后，李同学已将第一套房子装修好了。

"只用了两个月时间，这么快？"我非常惊讶李同学的装修速度。

"老婆在屁股后面赶着进度呢，你说能不快吗？"李同学笑得很灿烂。

"你们有新房子住了，恭喜，恭喜！"我由衷地说。

"是啊，好日子总算到来了！"李同学难掩喜悦之情。

现在，我们都住进了新的套房。我们希望老百姓的生活过得越来越好。

探访台州花木城

一个冬日暖阳的下午，我驱车前往台州花木城。确切地说，是去了主体市场，位于路桥区中部地区。这里主要经营盆栽、绿植、苗木、水族、宠物、宠物用品、干花、仿真花、工艺品、茶叶、茶具、茶桌、餐饮等。此行的主要目的是探访茶空间和了解茶文化。

走进台州花木城，这里不仅是一个花木市场的交易中心，更是一个茶文化的展示窗口。一楼以绿植为主，二楼和三楼以茶叶、茶具、茶桌和茶艺培训等居多。台州茶文化历史底蕴深厚，是台州对外叫得响的一张名片。台州不仅是江南茶祖，杭州龙井茶、福建武夷山茶等的源头都来自台州，所以，打响茶祖文化是台州的独特优势。

拾级来至二楼，首先映入眼帘的是各种各样的茶具。从精致的瓷器到古朴的紫砂，从现代化的玻璃杯到传统的盖碗，每一种茶具都和茶文化息息相关，传递着浓厚的历史韵味和文化气息。随着经济发展、社会进步、人民生活的改善，喝茶已经成为一种时尚。许多台州的老百姓都已经意识到，喝茶比喝酒更有利于健康。这不，有些店家还配备了现场喝茶的场所，里面摆放着茶桌、茶具和水果零食，营造着浓浓的喝茶氛围。这不仅方便了顾客泡茶、饮茶，更为他们提供了一个欣赏和把玩艺术品、交流思想感情、放松和休闲的好去处。在品茗的同时，也感受到了中国传统文化的独特魅力。

从二楼慢慢逛至三楼，逛了一圈之后，又回到了二楼。此间，我随机拍了很多张茶具的照片，留作日后细细鉴赏。在花木城一位男同志的引领下，我来到办公室，陈女士接待了我。陈女士热情地向我介绍起了茶空间。她说，台州茶文化发展还未形成一个上规模的茶市场，要做大做强茶产业，必须建立一个把分散的茶农、茶企凝聚起来抱团发展的平台，充分发挥茶文化和茶产业社团组织的作用。基于此，花木城的茶空间就应运而生了。茶空间是在市政府、区政府和市区茶文化促进会的帮助和支持下，整合业态，将商业中心的二、三层重新打造，品类包括茶桌、茶叶、茶器、茶艺等各类茶配套，希望通过花木城茶空间的集群规模，吸引其他相关产业，结成产业集群链，打造属于台州特有的茶文化商业生活圈。我听着频频点头。

陈女士兴致勃勃地继续向我介绍，台州花木城是周万春一手创办的。周万春坦诚、直爽，在云南发展多年，不忘家乡发展，以极大的热情回馈乡里，让花木城落地生根。与此同时，他还积极参与各种社会经济组织和勇于承担社会职务，如建言献策、参与公益慈善事业等。他平时为人低调、待人以诚、乐于助人，用自己的实际行动诠释了路桥人"有硬气、敢冒险、善创造、不张扬"的性格。听了陈女士的介绍后，我的眼前好像浮现了这么一个有血有肉、顶天立地的男人，并对他肃然起敬。

当我问及台州花木城茶空间的未来规划时，陈女士知无不言，她说，茶空间未来计划将茶文化融入生活，以文化为灵魂、以购物为支撑、以旅游为带动，结合"茶文化"＋康养"茶文化＋旅游""茶文化＋互联网"茶文化＋文创"茶文化＋教育"等内容，打造集文旅观光、休闲购物、文化创意、沉浸式体验于一体的特色旅游目的地，力争成为浙东南规模最大、品类最全的茶品类市场。听完陈女士雄心壮志的一番话，我不禁对台州花木城及茶空间充满了无尽的憧憬，热切地盼望这个目标能早日实现。

在台州花木城茶空间，茶叶是不可或缺的重要组成部分。这里的茶叶种类繁多，从名贵的龙井、大红袍到常见的铁观音、普洱，每一种茶叶都有其独特的口感和特点。在茶空间，人们不仅可以品尝到各种美味的茶叶，更可以了解到每一种茶叶背后的故事和文化内涵。在这里，茶文化、茶具与茶叶得到了完美的结合。通过了解和体验茶文化，我们可以更好地感受中国文化的深厚底蕴和独特魅力，也可以更好地欣赏和品味生活中的点滴美好。

此行有个打算是多了解一些茶叶品种，希望对自己今后饮茶有些许帮助。在我的要求之下，陈女士带我来到邻近的一家叫"品品香"的茶叶店，店员热情地接待了我。

店员介绍道，"品品香"是中国白茶的引领者。白茶是中国特有的茶类，是六大茶类之一，由鲜叶经萎凋和干燥加工而成。白茶具有清热降火、消暑解毒等功效。白茶基地均属于酸性土壤，适合茶树生长。酸性条件有助于提高有效铝的活性，提高茶叶品质。土壤中的中量和微量元素，是茶叶中内在物质合成多种酶的催化剂，对品质影响很大。"品品香"茶叶是由国家级技能大师、非遗传承人林振传领衔制作。这种福鼎白茶能有效清除体内过量的氧自由基，平衡肠道微生物菌群分布，有效调理肠胃功能等，具有显著的美容、抗衰老、降血脂、降血糖、抗炎及有效修复过量饮酒引起酒精性肝损伤等作用。

我津津有味地听了店员的介绍后，顺手拿起一盒茉莉花茶仔细端详，只见上面有这样的文字描述："精选大白茶高山明前顶芽，运用福建传统烘青绿茶工艺，层层精制，严格审评，成就优质茶坯。"再从干茶、汤色、香气、滋味、叶底等一一进行细描，如介绍茉莉雪芽：干茶银白色，花香清幽，汤色深黄清亮，香气鲜浓持久，滋味醇和，叶底色泽黄绿，叶质柔软。我看了这些文字描述后，真有一种迫切想品尝一下的冲动。

台州花木城的探访告一段落。与工作人员陈女士告别，结束美好的冬日下午的行程。回来的车上，我能想象这样的场景：冬日暖阳照进房间，静静地煮上一壶茶，茶香缓缓飘散，温暖着整个房间。在这个忙碌的世界里，能够有片刻的宁静和悠然，实在是一种难得的心灵享受。

冬天，煮茶燃情，暖一季芬芳。

生病小记

那是 2019 年的 8 月 20 日，我去万康医院做体检。在做甲状腺彩超时，体检医生告知我发现一个肿块。

报告单上显示，该肿块"边界欠清，形状欠规则，未见明显包膜"。体检医生建议我到医院做进一步复查。我一下子蒙了。

我打电话给老婆。老婆匆匆赶到台州市中心医院，并帮我加了个号。

医生看了报告单，直接让我住院手术。

我即刻办理了入院手续。

人生第一次住院，在 37 周岁。不哭，坚强、勇敢地活下去。

我有儿子和女儿，他们还小。我希望能看着他们慢慢长大。祈福！

过两天就要手术了。

在手术之前，我把头发理了，把该办的事情都办了，做好了术前的准备工作。

我在网上查了良性和恶性的种种特征和严重程度，稍稍做了些了解。

我想：现在应该算是早发现、早治疗，如果不做手术，任其发展下去，那后果肯定是不堪设想的。

勇敢，再勇敢一点。我已经做好了最坏的打算，哪怕结果很糟，我都要坦然去面对。

老妈烧了一只老鸭，似在为我壮行。

住院手术就如上战场一样，我期待着这场战斗的胜利。

生死未卜。第一次做全麻手术，会让我永久铭记。

我祈祷手术顺利，祈祷肿块不是恶性的。希望是有的，哪怕有一线希望，我都不会放弃。

住院手术之前，一般都会做一系列检查，如抽血、B超、心电图等，我也不例外。

护士还给我做了甲状腺手术宣教。

之前的B超是在体检医院做的，这次住院术前又做了一遍。检查报告白纸黑字，描述内容大同小异。甲状腺肿块有恶性异常倾向（定为4a类）。我特意百度了4a类的恶化倾向程度，有一定概率中奖。我还不甘心，又去问了医生，医生说一半对一半，这概率是相当高了。我心里非常忐忑。

医生问我有没有过敏史。我说自己十几岁时在门诊挂青霉素有过不舒服，叫护士拔针，医生换药。那经历刻骨铭心，难以忘记。也就从那时起，我二十来年未挂过针了，这回又赶上了。

医生告诉我，有过这样的经历，以后就不能再挂青霉素类的药了。

我试着将医保卡绑定医院的微信公众号，这样可以在自己的手机上查询化验结果，很是方便。果然，化验检查结果一目了然。

术前谨遵医嘱，一直空腹，到早晨 8 点钟补充了点糖水。

主任医师找我签字。他跟我细心地解释，甲状腺手术在目前的医疗技术下已经相当成熟了，让我不必有心理顾虑。另外，即便是甲状腺癌，术后的复发率和转移率都极低，不必过于担心和恐慌。听了主任医师的话后，我放心了很多。

手术签字后就一直等。于上午 11 点多被带到手术室。摘掉眼镜，脱掉凉鞋，只穿手术服躺在手术台上。

护士给我挂上点滴，弄好心电监护仪。而后，麻醉师给我静脉注入麻药后，我旋即就失去了意识。什么气管插管和开刀过程我全然不知。直到后来迷迷糊糊之中，被护士叫了几声，才缓缓清醒过来，那也距手术结束一两个小时了。

随后，我被推出手术室。打开大门时，亲人们就已围了上来。大家又把我推回病房，抬到病床上。

护士又给我弄好心电监护仪，插上氧气管。坚强的我眼睛有些湿润了。

从我进手术室到回病房，整整过了三个小时。我不知道这三个小时经历了什么，这三个小时是无意识的过程，说得难听点就是死而复生的过程。

下午陆续有亲人来看望我，并在我病床边安慰我，鼓励我，为我加油打气。他们使我对战胜病魔更有信心和勇气了。

老婆在病床边告诉我，医生已将手术取出的肿块给亲人们看了。本来大家想隐瞒着，她知道我已做好了最坏的心理准备，就跟我讲明是恶性肿瘤中分型最好的乳头状癌。

我听了没有痛哭。我知道引流管还插在颈部。我需要平静。

我在之前B超的影像中清到会是这个结果。我还有些庆幸身上的肿瘤是初期的，是完整的，还没有向淋巴及周围其他组织转移。我还庆幸自己得的不是那种"恶中之恶"的癌，如髓样状癌、未分化癌等。这个结果我是能接受的，虽然我内心无比希望那是良性肿瘤。

我妹拍了肿瘤的图片给我看。这是我头一回看到从我身上掉下来的肿瘤。它的形状不规则，长得有些丑陋。但它依附在我身上多时，与我的身体"亲密接触"，共生共存。现在它被人为地剥离了。

那个夜晚是最难熬的，麻醉药散后的疼痛让我彻夜难眠。幸好老妈和老婆两人轮流陪在病床边上，我的疼痛能稍微减轻一点。

心电监护仪开了一整个晚上，护士隔三岔五地进进出出，为我记录着血压和心率。每当我有尿意，老婆都会拿着尿壶为我把尿，然后把尿水倒掉并把尿壶冲洗干净。

这一夜，除了我未眠，家人也未眠。

术后第二天，伤口疼痛依旧。

护士已撤掉了心电监护仪，拔掉了氧气管，我如释重负一般。

隔壁床的王叔叔也一样，他比我早三个小时做手术，也是第二天撤掉心电监护仪。他的创口小，因为肿瘤只有半厘米大，而我的却达到了1.5厘米。另外，我的肿瘤已经压迫到声带的神经，不得已之下，医生为了安全起见，除了将甲状腺及边缘的淋巴组织都切除外，还将声带的部分附属神经也一并切除，以防留下后患。

虽然创口还有些疼，但跟第一天相比，已经不算什么了。

隔壁床的王叔叔已经能下床走路了，我也想自己下床，不过力气不够，需要家人扶着才能下床。这样，尿壶就不再用了。

听隔壁床的王叔叔说，他儿子是台州市中心医院急诊室的医生，媳妇是中心医院的护士，两人在同一个单位上班，产生了感情。我觉得这样挺好，志同道合，知根知底，工作上接触、交流的机会也多。

刚说完王叔叔的儿子，他的儿子就过来了。他的儿子长得胖，像儿子他妈，可能是基因遗传吧。

王叔叔笑说他儿子是工作累胖的，因为急诊室要经常上夜班，难免会吃点夜宵，久而久之，就堆积了一身的赘肉。像医生这样连轴转的工作，没有时间再去好好地锻炼身体了。

下午坐在床上太久，头有点晕。我想自己起床上个厕所，感觉不对劲，头越来越晕，眼前发黑。幸好这时老婆和我妹都在，她们赶紧扶住了我。我觉得自己应该平躺下来。

这时，隔壁床王叔叔的儿子过来了。他见我脸色发青，毫无血色，见多识广的王医生说我这是直立性低血压，不过不要紧，慢慢会恢复过来。

每隔几分钟，老婆都会给我测量血压，血压慢慢地回升了。我原本发青的脸色也渐渐红润起来。

这件事，我跟老婆和我妹说不要告诉老妈（我妈值了一个夜晚，回去休息了）。可是纸包不住火，老妈还是听说了。这倒也没什么，知道就知道呗。

这么一来，老妈就不允许我长时间坐着看书、玩手机了。只要老妈在，她肯定不让我坐着。而老婆和我妹，似乎有些"纵容"我了。

术后第三天，创口的疼痛不明显了。引流管的血水也没见增多，血压和心率也很平稳。

因我术后声带的神经功能稍许受损，说话声音嘶哑，护士给我打了营养神经的屁股针。

主治医师来查房后，说我和隔壁床王叔叔今天都可以出院了。老婆和我妈都在纠结今天要不要出院，要不要在医院再观察一天。王叔叔一家倒是很快就决定出院了。王叔叔还跟我说，医院太吵了，能早点出院最好，待在家里总比待在医院里自在、清静。于是我就听从了他的建议，也选择今天出院。

王叔叔很快就办好了出院手续。我也不甘落后，让医生给我撤掉了引流管，让老妈整理好东西，让我妹去办理出院手续，一切有条不紊地进行着。

期间，护士给我派发了出院的携带药物。

当天，王叔叔告诉我：人要勇敢地对待病魔。当它来临时，我们要勇敢地拥抱它，接纳它。有些事情是命中注定的，你无法改变，却可以坦然面对。

阿姨的女儿开车将我送回了路桥。我本来是想自己开车回去的，却被老妈和我妹阻止了。在她们看来，现在我才刚刚出院，不能自己开车。我能理解，她们是出于我身体尚未完全恢复和行车安全的考虑。

回到家后，老妈就把房间打扫得干干净净，给我一个卫生的起居环境。

这是一间主卧，卫生间就在主卧里面。这间主卧原先是老爸住的，老爸为了我，宁愿住在后面那间拥挤的小书房。主要原因还是这间主卧有空调。虽说已是立秋了，但天气仍然闷热。为了我有个清凉的居住环境，更为了我术后减少创口感染的风险，家人都无私地为我付出。老妈在身边，很贴心，我还可以跟老妈说说话，尽管说话声音嘶哑。

给我办理过新华保险的金女士过来慰问。

金女士安慰我，甲状腺癌在所有癌症中属于"最温柔"的癌症，不要有心理负担，平时做好饮食的节制和生活作息的规律就可以了。

我告诉她，我要是知道自己会得重疾，就去多保一点商业重疾险，那样理赔就能多赔付一点。当然，这是后话。谁愿意自己得重疾？谁会想到自己如此之快就得重疾？谁都预料不到啊！

金女士走后，我妹告诉我，邻村有个患甲状腺癌的人，可能已是后期吧，医生断言活不过两年，但他活了十几年，主要还在于一个人的心态吧。心态好，能活得久不是空话。

这让我想起一个故事：一个人得了绝症，另一个人没有得病。医生把诊断书弄错了，得了绝症的人成了没病的，而没病的却被说成罹患重疾。结果是没病的整日忧心忡忡，过早离世，而得了绝症的却依然活着，而且活得好好的，就连身上的癌细胞也消失得无影无踪。

当然，这只是故事。但从这个故事不难发现，一个人的心态是多么重要。

由此，我也想到老婆之前跟我讲过的她的同事。老婆的同事也是患了甲状腺癌，而且是甲状腺癌中分型最差的未分化癌。老婆的同事经过一段时间的放疗、化疗后，现在已经回到工作岗位了，跟常人没有什么差别，每天都能应付繁忙的护理工作。这不得不让人觉得心态的重要性。

到了晚上，我的表哥表嫂过来看望我。他们关切地问我手术的情况，我都一一回答。

一个表兄告诉我，他带他老婆去医院检查了，也发现甲状腺肿块，不过医生告诉他们是良性的，只要定期复查就好，他们也就放心了。

我告诉他们，甲状腺癌在我们沿海地区发病率相对来说要高很多，女性的发病率比男性要高一些，特别是良性结节的发病率，女性明显高于男性。不过，要是男性患了此病，恶性程度要比女性高出很多。

我身边也不乏做了甲状腺手术的人。医生是明确告知戒烟戒酒的，但是现实生活中，很多人不会这么老老实实地去遵守。因我本人平时就不抽烟喝酒，与我无关了。

我又忙于商业保险理赔。所有材料都准备好，进入了理赔的程序。希望理赔能够顺利，虽然身体无法复原，但能得到一点经济上的补偿，也算一种小小的安慰吧。

这几日都是清淡饮食，主食以流食为主，如白粥、面条等。只要是老妈烧的饭，做的菜，我就不会嫌弃，甘之如饴呢。

老妈也不忘给我补充一点水果，将葡萄、李子等用米糠水浸泡后，再用凉开水冲洗干净，然后送到我的卧室，放在写字桌上。另外，老妈还泡了铁皮石斛给我喝，还煮了金针菇烧猪肉给我吃。

保险理赔进入程序后，这几日也是最闲的。闲来无事，就看看书，写写字。这段时间最喜欢看鸡汤文了，如《熬过最难熬的日子，便是阳光满地》，给自己加油打气。

我觉得自己仿佛闯了一次鬼门关，又从鬼门关回来了。这不得不说是人生的一次劫难，似乎是命中注定，在劫难逃。我也从这次人生劫难中获取了更宝贵的人生体验，这种体验是生死经历，是人生弥足珍贵的精神财富。它让我更加懂得生命的易逝，生命的脆弱和渺小，由此也更加珍惜自己的生命，爱惜自己的身体。

没过两天，新华保险的理赔调查员过来给我做笔录。调查员问得很详细，笔录做得也很详细。我跟调查员说，自从买了重疾险后，我就做好了交满十年保费的打算，没想到疾病会来得这么快，这大大出乎我的意料。

买商业保险，对于像我这样工作不稳定、没有铁饭碗的人来说，还是很有必要的。我根本无法预料我将来会做什么工作，哪一天会交不上医保，哪一天会疾病降临、疾病缠身，我没有未卜先知的能力。而重疾险，是我对未来不可预期的一个保障。

出院一个多星期了，我要到医院拆线。

我先去病理科拿病理检查报告单。报告单上显示，左侧甲状腺乳头状癌，伴淋巴结癌转移（3/4）。这个病理结果，比我预想的要差。我原先想的只是单纯的甲状腺乳头状癌，不会有淋巴结的转移。

当我怀着忐忑的心将病理检查报告单递给医生看时，医生显得很淡定，他说很多患者甲状腺癌初期都会伴有淋巴结转移，如果没有转移，那是少数人发现得更早一些。

医生让我不必慌张和担心，主要是我的年龄还未到45岁，甲状腺癌的分期处于有利的早期，如果是远处的转移，那就是到了中期。所以，不必有心理压力。

熬夜是癌症催发的因素之一。我想到自己以前在报社上了11年的夜班，可能无形中已对身体造成了伤害。我们总是高估了身体的承受能力，低估了生命的脆弱程度，以为年轻就是资本，殊不知重疾就已潜伏在身上。

拆完线，又补打了一枚营养神经的屁股针。回到路桥，两位表姑妈就提着大袋小袋来看望我。

表姑妈告诉我，她的一位亲戚也得了甲状腺癌，术后病理报告显示有十多枚淋巴结癌转移，去了上海做了碘131的治疗，效果不错。她建议我也去上海做一个，以历后患，费用是几万块钱的样子。我告诉她，我只有三枚淋巴结癌转移，特地咨询了主刀医师，他综合我的情况后，得出的结论是不需要服用放射性碘131。我老婆也跟我讲过，如果是有五枚以上淋巴结癌转移，是需要做的。我应该听从医生，不能自己乱来。或者我也可以咨询一下其他医生的建议。

我量了一下体重，整整瘦了十公斤。想想自己每天吃白粥、面条之类的，能不减重才怪。

这段时间，我都没有接送女儿上下学。早晨，女儿坐我爸的自行车去学校，下午她就坐公交车回来。我突然发现，在我生病之后，女儿似乎一下子长大了，回到家就坐在写字台前做作业，很早就将课文朗读录音上传到班级的阅读群。以前可不是这样的，都会在小区里玩会儿，不是滑滑梯就是荡秋千。女儿的这一改变令我很是欣慰。我终于可以不用时刻盯着她监督她做作业了。我只需要将老师布置的作业抄在白纸上，交给她，让她每做好一样作业，就在完成的那样作业后面打上一个五角星或打个钩就行。这样可以让她养成做事有条理的好习惯。希望她能够继续保持下去。

我的姑父和姑母过来看我。他们买了很多东西过来，有猪肉、老鸭、鸭蛋、鸽子蛋等，还塞给我一个红包。他们让我好好休养，买些营养品补补，平时多散散步，锻炼锻炼身体，提高免疫力和抵抗力。

术后的休养，我少吃多餐。

老妈还每天给我配不同的水果，有青提、李子、黑布林、苹果等。这样一来，我身体的维生素就不缺了，身上的皮肤也不觉得痒了，皮疹自然也就消失了。

少吃多餐并没有让我胖起来。少了十公斤的肉肉，人也自然轻松多了。人的生化指标也下降了很多，有些指标已回归到正常水平，就连脂肪肝也减轻了许多，这是可喜的现象。

我在网上搜索甲状腺癌需不需要做碘131这个问题。我看到各种言论都有。有的说甲状腺癌未出现转移，可以不做碘131；有的说只要甲状腺癌出现转移，哪怕只出现一处转移，也建议做碘131；还有的说甲状腺癌出现5处或5处以上转移的，就需要做碘131，如果少于5处转移，就不需要做碘131。可以说是众说纷纭，没有一个统一的观点。我又查了下，碘131对分化型甲状腺癌有疗效（分化型指乳头状和滤泡状甲状腺癌）。而我已有3处淋巴结转移，术后残留病灶尚且未知，据上面分析，是否也该做个碘131呢？我不得而知。

我曾就碘131的问题咨询过我的主刀医师。照主刀医师的意思，我的未达到5处及5处以上转移，无需去做碘131。当然，我们这边是没有条件做碘131的。要做碘131，得去上海、北京等有核医学科的地方。而且做碘131是要隔离的，毕竟是放射性的碘，不能让别人接触。

似乎这段时间生物钟已固定了，洗脸刷牙之后，不会忘记的事情就是吃优甲乐。

优甲乐又称为左甲状腺素钠片，可以用于治疗非毒性的甲状腺肿；甲状腺肿切除后，预防甲状腺肿复发；甲状腺功能减退的替代治疗；抗甲状腺药物治疗甲状腺功能亢进症的辅助治疗；甲状腺癌术后的抑制治疗；甲状腺抑制试验等。

反正余生我是跟这种药结伴同行了。

第三辑

我的爱情

回忆我的
初恋

我想起今天是星期六，这个日子对我来说有点特殊——我想你是清楚的。

我落泪了，也许我不该这样的，可是我控制不了自己，我的心此刻早已不属于自己了。

我的脑袋不断地翻阅着那些陈旧的记忆档案。

你还记得那个星期六是你的生日吗？那时的你，裹了一件粉色的外套，里面也穿了一件高领线衫，那张玲珑的脸蛋更显得娇俏、白腻。我痴痴地看着你，心里有些喜悦，也感到一阵热乎乎的心醉。我的目光触到你那张可爱的脸庞时，就鼓起勇气凑在你的耳边说了一句由衷赞许的话：我喜欢你！

你没忘记吧？我想你一定记着。我这是怎么了？我的哪根神经搭线了？因为这是我生平第一次站在一位美丽女孩面前道出的心里话。忠厚诚实的男孩，在女孩生日的那天，毫无顾虑、毫无私心地破了例。这破天荒的冲动的言语，竟令我为之魂不守舍，为之心悸不止。我神思脱窍，精神恍惚。随后我看到了你那迷人的微笑，含蓄而不乏通情达理。今天，脑子里回放着过去的那一幕，我的心再次被你那无穷的魅力深深

092

地陶醉了。我怅然若失。

你的那次生日，我就这么大胆地在杭城跟你相会，你不会忘了吧？我的到来你也付出了很多，你学习上的时间、你业余生活的时间、你生日的时间，就这么统统地被我剥夺开去。你陪伴我度过了令我难忘的周末，你陪伴我在情感的沼泽地里迈出了坚实的一步，你陪伴我在生命的旅途中奏响了嘹亮的乐章。所有这些，都让我深深地感动。

你生日那天，却饿着肚子等候我的到来与我共进晚餐；你为我找到一家旅馆；你看着我的傻样儿；夜雨滂沱中我们共撑着一把伞；我们在饭馆交流着心迹；我们共同购买生日蛋糕；我们一起逛了杭城最大的书店。第二天，也就是星期天，我们坐公交车去了西子湖畔游玩；你为我打点最后的午餐；你为我找到去往汽车东站的站牌……想到这些幸福时光，此刻的我已泪流满面，已控制不住内心的无限感怀。

爱需要包容和理解，爱需要真诚地相待，爱更需要两颗心无私地奉献。

我一直在心中留有一份对你美丽的向往。我羡慕你特有的个性，我倾慕你对文学的热爱，我仰慕你惊人的才思，我更爱慕你能在这个浮躁喧嚣的世俗里存有那分淡泊的心境和高雅脱俗的情调。你就是生活的主角。我不求回报，只求你真实地存在着。

我曾对你说，我希望将来能过上一种舒逸的生活，自由自在地存活着，不再为物质而苦恼，在思想、人格上得到充分完善，在精神、艺术领域更加坚定、执着，能得到社会的公认；我希望能打造一个美丽的家园，有个称心如意相伴到老的爱侣；我希望生活得更有价值，不奢望物质的富有，能过上一种文人墨客似的恬淡高雅的生活。

也许，那样的生活太过遥远。

在现实生活中，由于种种原因，我们最终还是没能走到一起，没能走上红地毯，这不能不说是我此生最大的遗憾。但我还是要祝福你，祝福你快乐。

只要你快乐，我就快乐。

独白

我迈着轻盈的脚步，向你那边走去。那是你的居处，也是我灵魂的归宿。

漫漫红尘之路，朝朝暮暮，独自一人承受孤独。为你而踌躇，为你而执着，为你而自我约束。我的心在为你祝福，默默向你倾诉。

清澈小河荡着微波，那里有我的梦。一路风尘仆仆，尽情地追求，永不驻足。

请允许我，赠你，唐诗里的相思。泪珠，粒粒晶莹如豆。雨敲寒窗的夜晚，懂你，思念你，为你唱一首爱慕的歌。

梦飞时节，我企盼下雪。看到真正的冬天，看到冬天里的村落。我们站在岁月的风口，诉说往事，连梦也是湿润的。

夜很温柔，心在夜中醒来，化作泪滴，穿透寂寞的时空，打动夜风，弥漫在心灵的每个角落。

我们的生命习惯了承受和隐忍，一直相信，爱情的春天就躲藏在冬日的孤寂里。

沉默的夜牵挂着爱人，掠过晚风，沉醉我的脸。沉醉是永恒的美丽，心存感念，永远垂句昏暗的大地。

这宁静的夜，你是温暖的家园，你是温馨的港湾。透过这梦的围墙，我赤脚等候心中的女孩，日夜思恋。

这个冬日，不平凡的梦，从这里开始。

夜晚已逝，黎明来临。与旭日一起赛跑，昂起头来抛开杂念。把心情交给上帝，把困惑撒给落英。

雨后，纯真的心，随着忧伤的脚步，徘徊在随缘的季节。我轻轻弹奏记忆的琴弦，伴着动人的节拍，载着云儿的祝福，一同入梦，那是七彩的情思。洁白的纸片，折叠爱的千纸鹤，飞扬在空中，托起圣洁的你。

年轻的田野上，辉映着相爱的风景。冬天的风，没有褪尽。泪水灼烧在眼眶里。哭泣的心未曾舒展，书写丁香般的情怀。

在寂寥残夜里，听风，守着空房，蘸着爱人的影子。多情地替你思量，柔情地为你筑巢。

一个人，在潮湿的黑暗里，心头冻结了紫色的思维，固守着生活里的点滴梦幻。

孤灯，在雨后依然明亮，永远驻守你的胸口，暖着你的梦乡。

我见到你，心爱的女人，飘进我寻觅的眼睛。邂逅杭城，那是细柔而悠长的韵律。

我敢与命运搏斗，敢与寒冬逗趣，是你，使我壮大了生活的勇气。我为你而辛劳地工作，为你而勤奋地学习，为你而拼命地写作，为你而活……爱的河畔，究竟有多远？

我的真情，化作了彩蝶，附在了你的身旁，为你轻唱。忧伤的心，总在为你而倾吐。爱是一支苦涩的歌。你的心，是我的依附。

我为你感动，怕雨打湿你的衣襟，我踏着琴声姗姗而来，为你拨起悸动的心弦。就这样一起漂泊人生吧！

我是只小鸟，愿落在你的岛上，发出爱的呼号。爱之路仅有一条，就在前方。

假如我腐烂了羽毛，也要随风倒在你的身旁。我已背起了行囊，开始了远航。

你让我沉迷，在如此凄冷苍茫的夜色里。带着满腔的希冀，寻找你，感受你，独自在长夜为你啜泣。悠悠的思绪牵动着我内心世界隐藏着的神秘。

我的眸子凝滞在你的身上，你用柔软的手掌，握着我惊魂的长梦。我相信，有爱的地方就有绿的芳菲。一起去拓荒。

爱的船儿，动力在我们的心上，方向在我们的手上。我不要来世轮回，但求今生预约一个相爱的人，谱写美丽的华章，用尽生命的真诚。

跨越千山万水，守住心灵的圣地，祈愿幸福的人生。

如果我拥有着你的爱，我情愿用一生去等待。

爱之歌

夜间街市的灯火，风雅灵动的小城，原来也是这般模样。我原本就滞留在寒冷的时光里，亲吻着泥土的清香，爱莫能助的我，只能为你遥寄一份思念。

街上的歌声与呼啸的风声交融，悲怆的哭泣声萦绕于梦中。我能品味出生命的贫穷，与你真诚地沟通，是在旷远的梦国中。

你是我的诗、我的梦、我的故事、我的希望，你是我的歌、我的灯、我的心路、我的祝福，你也是我枕畔那本书，是我岩石般的誓言，是我独自牵挂着的视线，是我用心编织着的思绪，是我日夜守望着的心港。

淡然一笑，化解所有的伤痛。寒冬的朔风已不再肆虐，冰冻的心房逐渐被开启，温暖的情意，深沉而美丽。

我是相思草，我对女孩最深切的牵挂，就躲藏在晶莹的相思泪中。

亲爱的，我的心厌倦了尘世的风浪，渴望憩息在你的身旁，寻找爱你的秘方，度过生命中最难忘的快乐时光。

你给予我温情，我永世难忘。如果这份爱远在天边近在心房，我愿守候这份馥郁芬芳。在今生的路途上，让爱张开翅膀，飞越人世间最古老最浪漫的情感海港，作一种最经典最留恋的沉睡状。

我情愿沉醉在爱的国度里编织心网，情愿在心网密布的地带里窥视远方，情愿在缥缈远方的雾镜里寄托爱的希望。

今夜无月，泪也是你，笑也是你。今夜无梦，寂寞是自己，孤独也是自己。

请你抚摸我，让我多一次生命的舞蹈。请你用你温柔的刀，割去我心头的苦痛。

黑夜在我的指尖醒来，我的指尖在黑夜活着。有风拂过，我却再也感觉不到你的温柔。

如水的时光，凋落的张张日历，尘封的泛黄照片，对我而言已失去意义。

无论阴晴，无论哭笑，连同那凄凉的长夜，都不重要，都被我丢失在遥远的意念里。

我只是一具躯壳，伤心不再，快乐不再，连同人世间的风花雪月，都不存在，都被我冷落在无爱的日子里。

我游弋于时光的清溪，穿行于瑟缩的深冬，一颗原本火热的心，被一场情爱的大雪，彻底冻结。

我躲在光阴里瞌睡，你送的一缕阳光，已被我深藏在记忆里。

心
底
的
温
柔

　　我和老婆是我的姨婆给我们做媒认识的。我们工作忙，就留了手机号码先了解了解。

　　我们通过手机稍微了解一些后，提出见个面。我们第一次见面是去看电影。

　　老婆问我喜欢看哪种类型的影片，我说自己都喜欢看，对我来说，看电影是精神的娱乐。老婆听了之后会心一笑，说她最爱看外国片。不仅看了《暮光之城》的系列电影，还从网上购买了全套《暮光之城》的书籍。我问，《生化危机》系列看过吗？老婆颇为自豪地回答，从第一部开始，一部都没有落下。她还看了《速度与激情》《变形金刚》系列等等。我听了很是惭愧，不禁对老婆佩服有加。

　　"想不到你这么喜欢看电影呀。"

　　"我休息宅在家里，无聊就上网看电影了。对我来说，看电影是一种放松和享受的过程，只要这个目的达到就行了。"

　　"没错，看电影是一种享受。"

我买好了电影票，两人坐在椅子上等候入场。

等候间隙，我很好奇地问起老婆一个月要去影院多少次，老婆的回答出乎我的意料：两个月难得和同事过去看一场电影。大多时候是在网络上看的旧片，就是影院放映了一两个月后，网络上才有的影片。老婆反问我，是不是一个月要看很多片子？

"是啊，我经常通过各种优惠措施购买电影票呢。"

"那好看的大片，你都第一时间看到了。"

"没错，谁叫我这么喜欢看电影呢！"

老婆追问我："你都是一个人去看电影的吗？"

"是的。不过，以后可以带你过去一起看哦！"

我发觉老婆的眸子里闪过一丝不易察觉的羞涩。

老婆转移视线，开始认真地阅读着影片的内容简介。

"读了内容简介，对影片有了大致的了解，不会看起电影来毫无头绪。心里有底儿，看起来会更轻松。"老婆说。

"我也经常这样的。"

我第一次和老婆看电影，这种体验真是妙不可言。

我们心满意足地看完影片，我开车送老婆回了她居住的小区。

我目送老婆进了小区后，才恋恋不舍地开车回家。

作为呼吸内科的一名护士，老婆的工作相当忙碌。

老婆的一天已被安排得满满当当。早晨七点半就要到岗，整理病房的环境，与病人沟通，参加晨会交班，参与主管医生查房，测量病人的血压情况。

忙到九点左右，老婆要根据组长的安排，核对床头标识，负责分管病人的各项治疗及护理，包括雾化、输液、肌注、皮下的配置及早餐后口服药的发放。老婆要接待新病人，及时做好新病人的入院宣教，录入生命体征，正确书写各种护理记录单，并且及时巡视病房，掌握病情动态，对分管病人进行评估，做好病房管理，保持病房整洁、安静。如遇危重病人，老婆要负责危重病人的管理和抢救，落实各项护理措施。这么一来，老婆一个上午就忙得焦头烂额了。

到了下午，老婆继续完成输液、肌注等各项治疗及护理，查阅分管病人检查、化验结果，有异常结果及时报告医生，并做好病人告知及宣教。另外，老婆还要检查分管病人的体温单的录入有无遗漏、错误，检查病历书写是否符合要求。如遇出院病人，老婆还要核对费用，实施宣教，发放出院用药。如遇病人或其家属的抱怨、投诉及纠纷等，老婆还要客观冷静地对待，耐心细致地讲解，必要时向护士长汇报，由上面来协调、解决和处理。如此一天下来，老婆不说累趴下，就是靠在休息室小憩一会，对她来说也是一种奢望。

老婆告诉我，有时，她连喝口水或上个卫生间的时间都没有。

不管工作有多辛苦，老婆都毫无怨言，每天保持热情地投入到工作中去。每当老婆听到病人说她服务态度好，打针抽血出色，老婆心里都会有小小的满足感，觉得自己的辛劳付出是值得的。老婆在周而复始的工作中，更好地诠释了医务工作者的职业理想。

下班后回到家里，老婆无法排遣内心的孤寂。她就找来医学书学习一下专业知识，或者学习职称英语。职称英语是考取主管护师的"拦路虎"，是一道必经的门槛。老婆是中专毕业的，学的是护理专业，毕业后就一直当护士，后来通过远程教育，考取了中央广播电视大学的本科学历，但英语是老婆最难啃的一块骨头，所以她要多花心思在英语这门课程上。如果职称英语过不了关，那先前通过的其他专业知识也就前功尽弃了。

当孤单的天使沉醉在书本里的时候，总会有眷顾的目光。这不，我就联系了她。

我说，我是个做事很踏实的人，我会让她感觉到我的踏实，找到情感的港湾。我能做的，就是给她更多的理解、关心和呵护。

老婆说，她还隐藏着很多的缺点，比如，有点小虚荣，以后就会发现的。老婆问我能不能包容她的缺点？我说这些都不是问题，喜欢一个人，就能包容她的所有。老婆说，大多数情况下，她还是挺善解人意的。

老婆告诉我，她对我的印象越来越好了。不过，老婆说自己是个慢热型的人，问我会不会介意？

我说，没关系的，感情就是要慢慢培养的。

老婆内心感谢我对她的理解！

一日，我和老婆聊了起来。

"你真没谈过恋爱吗？"老婆有点不相信。

"没谈过。"

"那你的爱情小说都是怎么写出来的？没谈过怎么想象呀？"

"大部分都是虚构的。真正谈过恋爱的是不写小说的，因为他们谈恋爱有了真实体验，不需要小说这种虚拟的来满足自己了。我在现实生活中没有谈过，只好把爱情寄托在文字中了。很多搞创作的没时间去谈恋爱，何况我还搞了书法，更没时间去谈恋爱了。"

"希望我能给你带来美好的感觉。"

"好呀。现在我好好去谈一场恋爱，弥补恋爱的缺失。幸好遇到让我怦然心动的你。"

"那你之前对别的女孩没心动？"

"是哦。"

"我哪里让你心动了？"

“你形象好，气质佳，在我眼里就像女神，我喜欢你的样子，而且你的职业又让我肃然起敬。”

“我在家有时候很邋遢的，有时对熟悉的朋友也会小暴力，什么时候让你见识一下哦！”

“呵呵，我乐意。”

我偷偷带着老婆到家里，在电视机上看 3D 恐怖片。

我和老婆都戴着 3D 眼镜观看。影片太刺激了，我们不由自主地发出一声声尖叫。

在看到恐怖的场面时，老婆的手紧紧地攥着我的胳膊，整个人也靠了过来。

“你的手很有力度哦！”我打趣着说。

“是被电影情节吓着了，就想找个人寻求保护。”

“没事呢，有我在，你尽管放心好了。”

恐怖的场面再次出现，老婆再次投向我，这回，她的手指竟然在我的手背上使劲地掐了一下，我不禁发出一声“啊哟”。

“你掐得我好疼！”我叫道。

“我，我有掐你吗？”老婆怀疑地问。

“刚才不是掐了吗？”

“我怎么没觉得呢？”

我不语。知道老婆被电影情节吓坏了，我只好将她紧紧地搂住。

我一直搂着她看到影片结束。

“电视也能看 3D 电影，下次就不用去影院了。”老婆说。

“都是一些老片。要看新片，还得去影院观看。”

老婆看到我的手背有点微红，怀疑地问：“我真的捏过你吗？”

“那当然了。”

"那现在还疼吗？"

"不疼了。即使疼，也会觉得很享受。希望以后多多捏我哦！"

"一个愿打，一个愿挨！"

"呦，引用典故了，了不起！"

"又被你捧上天了呢！"

到了晚上。我和老婆通电话。

老婆跟我说，新装修的房子，还是有点气味，感觉鼻子有点不舒服。

我告诉她，我家以前也这样，味儿很浓，我就在网上买了点竹炭什么的，净化一下空气。不知道效果怎样，心理上会放心一点。

老婆问我装修多久住进去的，我说是装修好三个多月才住进去的。不像她，装修好二十多天后就入住了，也够急的。老婆解释说没地方住，总不能老住在医院吧？我说那也是，可以买点吊兰什么的，对净化空气有好处。末了，我问老婆要不要陪她去看看鼻子？她说鼻子只是有点过敏，应该会没事的。

"那天送你回老家，见你下车时的那种表情，实在太美妙了！"我说。

"有吗，我怎么没觉得？我难道又脸红了？不要把我想得太美好了喔！"

"用一句歌词形容：羞答答的玫瑰静悄悄地开。"

"好吧，知道了。"

"你那一低头一回眸一含羞的表情，很让人着迷哦。"

"讨厌啦，甜言蜜语，受不了了。"

"还有你那个背影，实在是美丽的风景。"

"情人眼里出西施，这话，就是形容现在的你。"

我跟老婆说，跟她聊天，比写文章更吸引我。她问我是不是从来没有过这种感觉，我说是的，这种感觉真好。她说我恋爱了，她也享受那种被爱的感觉。这种感觉不错，慢慢用心去感受。

老婆说我很喜欢讲情话。我承认自己喜欢舞文弄墨，如果不是对对方有好感或者喜欢，谁愿意这么放肆地去讲情话呢？

我说，被女神吸引，哪怕拜倒在石榴裙下，也心甘情愿。老婆听了这话很享受，小小的虚荣心得到了满足。

我又说自己克制不住地想牵她的手。她笑称，既然我这么想，那她以后把手留给我。

这话说到我的心坎上了。我斗胆说自己克制不住想亲她，不过那样会亵渎了女神。她调皮地回答说，她记住了，那就以后不准亲她。

正当我沉默之时，她却说，傻瓜，那以后换她亲我怎么样？我当时受宠若惊。

她笑着说，觉得这样，她自己好亏。

我说以后愿效犬马之劳，随时待命。她说我文绉绉的，是行动的胆小鬼，以后真的会欺负我。

我说被女神欺负，是我的福气。

她说别叫她女神了，允许我叫她宝贝，听着比女神顺耳多了。

我问她可以叫她天使吗，她说真让人无语，这个都要人家教，好笨喔。

我说我想把自己交给她。她说得考虑啥时候接收我。我说被宝贝接收，是我几世修来的福缘。她数落我又文绉绉了。

我问她觉得我这人怎么样，她说我这人好色。我辩解说这是儿女情长，她反驳说这是七情六欲。

我和老婆又去看了场电影。这次，我大胆地握了握她的手，她没有拒绝。

回来后，她就跟我说，说我很喜欢握她的手。我说这叫"爱不释手"。她说有没有幻想过亲她。我说大庭广众的，还没这么想过。不过我在以前的作品中有写到过，感觉是那么虚，还没跟宝贝在一起真实聊天那么实在，那么有生活的情趣。

老婆告诉我，在她看来，我是一个挺温柔的人。我说被看穿了，厉害。她说她也喜欢偶尔的霸道。我说我不是霸道地搂过她的肩吗？她说这还好，还是很温柔的。那怎么算霸道呢？亲吻还是什么呢？

我说我要学会偶尔的霸道。老婆说这只能意会，不能言传。

我到老婆家做客。两人坐在沙发上看电视。我就一直握着她的手。天快暗了，我才恋恋不舍地离开。

我一到家，就跟老婆说，握着她的手，感觉真好。真舍不得离开她的家，多想再握握她的手。

老婆说我握了她一个下午的手，还嫌不够吗？我说不够呢，握着她的手，挺幸福的。

一日，我又来到老婆家看电视。

"胃有点疼。"老婆轻声地说。

"啊？你有胃病吗？"我关切地问。

"嗯，胃病犯了。带我去开点中药吃吃吧！"老婆一脸痛苦的表情。

我二话不说，扶着老婆上了车子。

车子很快到了医院。我又扶着老婆挂号、问诊、取药，忙活了一下午。

回到老婆家，我又开始烧水煮药。

"辛苦你了。"老婆有气无力地说。

"不辛苦，为你做任何事情都不辛苦。"我认真地回答。

老婆的眸子里分明闪着泪花。

"老婆，你要多休息。"我说着，让老婆靠在沙发上，我拿着勺子喂老婆吃药。

随后，我们继续看电视剧。

老婆跟我说，她们当护士的，吃饭时间是很不规律的，这样就容易犯胃病。我也吐槽自己好不到哪儿去，常常通宵达旦写作的，颈椎也有了点问题。

"我以前经常因为写作忘了吃饭的时间点，实在饿了，就冲碗泡面，随便扒拉几口完事。"我苦笑着说。

"不要吃泡面，泡面吃多了更损胃。你可以下厨烧点青菜鸡蛋面，都比泡面好上不止几倍吧！"老婆规劝说。

老婆说得很有道理，我连连点头称是。

"以后别吃泡面了，可别亏待了自己的身体。"老婆说。

我有点小感动。护士就是护士，当她自己生病时，还想着别人。

"你也要照顾好自己。你的身体垮了，你还怎么去照顾那么多的病人啊！"

我见老婆的眸子里眼泪在打转。是不是我说得太煽情了，又触及老婆柔软的内心？

老婆躺在沙发上，故意侧过身去，不想让我看见她狼狈的样儿。

没过一会儿，老婆疲累地睡着了。我只好从老婆的卧室里拿来一条被子，轻轻地盖在她的身上。而我，一刻不离地守护在老婆的身边。

等老婆一觉醒来，已是日薄西山。

"我睡了那么久吗？"老婆问。

"你确实睡得很沉。"

"谢谢你帮我盖了被子。"

"谢什么啊，现在你是病人了，该轮到我来照顾你了。"

"我睡着后，你有没有对我动手动脚？"老婆调皮地问。

"哪有啊！你不是笑说我是唐僧吗，那我就是唐僧一个，正襟危坐，坐怀不乱，一直守在你边上呢！再说，你胃疼，是个病人，我哪有心思呀！我可不想乘人之危……"我委屈地说。

老婆开心地笑了。

"你都不敢搂我。"

"我就搂给你看。"于是我斗胆地伸出了手。

"你就不能搂紧一点吗？你这样子，我以后会欺负你的！"

"好呀，那你欺负我吧！"

"把你的手掌朝上！"老婆故意带着命令的口气说。

我乖乖地把手掌朝上。

老婆的手掌盖了上去。

我"呀"了一声，这不是老婆拍疼了我，而是老婆的手很冷很冷。

"你的手这么冷，病入膏肓了。"我怜惜地说。

"平时都是我照顾病人，现在反而你来照顾我了。"

我将老婆的手掌贴在我的脸上。

"这样，你感觉暖和点了吧？"

老婆故意摇摇头。

我解开外衣，将老婆的手放在我的胸口。

"现在，你不觉得冷了吧？"

"你想羞死我呀！"老婆满脸绯红。

夜里，老婆发信息过来说肚子饿了。我问她有没有零食。她说有，但不想吃。我说偶尔吃点没事的。她说自己已经钻被窝了，外面冷，不想出去拿。我说我还坐着，挺兴奋的。她问我为什么这么兴奋。我说可能是跟她聊天的缘故。她回答说，总是这么兴奋怎么行，以后少聊一点，影响到我的睡眠了。我说我很乐意。她就给我来了两个"傻瓜、傻瓜"。

还有一个星期就是除夕了。老婆叫我帮她一起贴春联。我说这么早就贴春联了。她说这个有讲究的吗？早点贴不好吗？我回答说没有讲究，随叫随到。

我帮老婆贴好了春联，随后她提议去逛商场，我同意。

老婆说她想买春装。我说春节都还没过呢，就想买春装了？她说女孩子都是提前买好了下一季的衣服呢！我欣然答应。

在商场，老婆买了一件白衬衫，还有一条湖蓝色的半身裙。老婆问我好看不好看，我说她穿什么都好看。

老婆告诉我，她和她爸都形容我是才子。我笑说别人还叫过我秀才呢！老婆说还好她不是兵，不然有理说不清。我说有次文联开会，有个文友跟我打招呼，叫我笔名，很不习惯呢。老婆说我的笔名蛮特别的，很有感觉，所以她蛮喜欢我这个笔名的。我说我能感觉到她的感觉，真想飞过去亲一下她的手。老婆说飞过来呀，就满足一下我这个心愿。我说我要是钢铁侠就好了。老婆说感受到了，好温暖喔！

人海茫茫，知己知音难觅。蓦然回首，灯火阑珊处的人，是她。

我和老婆认识也快一个月了。我们还是那种纯粹的关系。

除夕之夜，我祝老婆全家身体健康、平安幸福，并通过她转达我的问候。老婆也祝我和家人新年快乐。我说新年的钟声就要敲响了，许个心愿吧！老婆说心想事成，我说自己的心愿是能和她在一起。

春节。

我一觉醒来，不敢怠慢，给老婆发去信息：新年第一天，宝贝，从这一刻起，好好爱！

老婆说我的问候方式与众不同。我说自己看完春晚后就靠在床上睡着了，到两三点钟才钻进被窝。一直开着灯呢！老婆问我没着凉吧？我说没着凉，我靠在床上也能打瞌睡。老婆说我是睡虫。我说这词用得好，宝贝太有才了，用在我身上，很贴切哦。我以后就可以靠在她家的沙发上一觉睡天亮了。她家的沙发很柔软，舒适度比我家的硬板床要好多了。老婆说那什么时候成全我一下？我说我真心想睡下沙发，她成全我，我很兴奋。老婆又叫了我一声傻瓜，说哪有人不睡床睡沙发的？我说我以前有一次下班困了，就把车靠在路边，竟然在车上睡着了。有沙发睡，比车子舒服多了。老婆说最怕疲劳驾驶了，叫我工作累了不要强迫自己开车。

　　我想睡她家沙发，也是醉翁之意不在酒。

　　正月初二，老婆要值班，我接她上班。

　　"今天雾霾严重，小心开车哦！"老婆提醒道。

　　"知道了。"我应着。

　　车子开到了医院。老婆在临下车前，亲了一下我的脸颊。

　　我回味着刚才的美好，车子停在那里不忍开走，直到保安出现我才开走。

　　我告诉老婆，谢谢她亲了我一口。老婆说下次不亲了，总是这样主动，都觉得自己太坏了。我说，那下次让我主动抱她，亲她。老婆说，上班不理我了。

　　下午，我又去接老婆下班。

　　"上班忙吗？"我问。

　　"春节期间，稍微好点。这要看运气，有时候会很忙。"老婆回答。

　　"如果有机会，我去护士站感受一下你们的工作。"

　　"那你会影响我工作喔。我们同事有时候会有男友或老公陪着上班，但我不喜欢那样。"

"那我扮演病人，跟你们闹。"

"哈，那我就给你来几针。"

隔天，老婆走在回家的路上，感到心慌、手抖，有很强的饥饿感，预感低血糖犯了。通宵达旦，清晨还抢救了一个病人，连早饭都没吃。她想到的第一个人就是我。于是她赶紧给我打电话。

"奎，能过来接我一下吗？"老婆虚弱地说。

"你怎么了？身体不舒服吗？"我感到情况不妙。

"可能犯了低血糖。"

"我马上开车来接你！"

我急匆匆地赶了过去。

赶到后，我见她脸色苍白，急忙说："要不要去看看？"

老婆摇摇头，无力地说："不用。奎，你带我去附近的便利店买一块糖吧！"

我二话没说，扶着老婆上了车子。

"你确定是低血糖吗？"我开车时还有些顾虑。

"是的，以前犯过。"

"那行。我这就带你去买糖吃。"

我很快就开到了便利店，不仅买了糖，还买了面包和矿泉水。

我给老婆剥好一粒糖，送到她嘴边。

老婆含着糖，靠在车子里，闭目小憩。

"你太拼了，自己的身体都不顾了。"我的鼻子酸酸的。

"我过一会儿就好了。奎，麻烦你了。"老婆心里很感激。

"别这么说，你守护病人，我更应该守护你！"我动情地回答。

"奎，你送我到小区门口，我走进去就行了。"

"不行，我要把你送到家里，我才放心。"

我在小区边上停好车，扶着老婆下了车。

"要不，我背你吧！"

"不用，我没那么废。"

我只好挽着老婆的手，走进小区。

"你爸妈在乡下都很少过来吗？万一你生病，身边也没人照顾你呀！"

"我一个人习惯了。"

"你有没有想过，找个可以为你遮风挡雨的人呢？"

"你在套路我！"

"我能成为那个可以照顾你的人吗？"

"奎，你说的话，万变不离其宗。你就是想让我做你的女朋友！"

"行吗？"

"不告诉你！"

老婆开了房间的门。

"我不打扰你休息了。中午想吃什么，我给你带过来。"

"我一觉醒来，要到下午一两点钟了。你愿意送的话，就给我带份饺子吧！"

"好呀！"

老婆把房门钥匙递给我，说："奎，到时我还没睡醒的话，你自己开门进来吧！"

我接过老婆的钥匙，不无感动地说："感谢你对我的信任！"

"快回去吧，路上开车注意安全。"

我上前抱了下老婆，转身离开。

中午，我带着一份饺子回到老婆家，用钥匙开了进去。

房间里静悄悄的，老婆丕在睡觉。这护士工作也难呀，这一夜通宵下来，觉都补不回来呢！

我坐到沙发上，静候着老婆醒来。

大约等了半个小时，我见卧室里还没动静，于是起身去看看。

卧室的门虚掩着，我轻轻地敲了下门。

"奎，你来了。"老婆发出疲倦的声音。

"是的。"

"你把饺子送进来吧！顺便给我拿双筷子吧！"

"好的。"

我把饺子和筷子拿到了老婆的床前。老婆穿着睡衣，靠在床上，脸上露出满意的笑容。

我看到老婆的笑容，感到很温暖。

老婆闻了闻，一股浓郁的香味扑鼻而来。她夹起一个蛋饺，轻轻地咬了一口，说："好吃。你也尝一个。"

老婆说着，夹起一个饺子，就往我嘴里送。我不由自主地张嘴咬住了饺子。

随后，我把房门钥匙归还给了老婆。

老婆的班，有前夜班和后夜班，前夜班是上到晚上十二点钟，后夜班是上到早晨八点钟。

前夜班，我设置了晚上十一点半的闹钟，在闹钟响铃之前，我可以小睡一会儿。闹钟响后，我开车过去接她。

"辛苦了！"我说着，给下了前夜班的老婆开车门。

"辛苦的人是你，明明可以好好睡觉的，偏要打乱作息时间。"

"比起你的工作来，我这点算不了什么。"

车子快到小区时，老婆说了句："停一下，我想去便利店买包泡面，肚子有点饿了。"

"你们护士怎么也吃这种食品呢？"

"护士也是人，为啥不能吃？"

"好吧！"

老婆下了车，去了便利店，我在车里等候。

随后，老婆带回来两包泡面、两根火腿肠。我暗想：这不是明摆着一起分享吗？

"上来吃个泡面再回去吧！"老婆相邀道。

"家里有鸡蛋吗？泡面放在锅里煮，味道会更好点。"

"冰箱里有的。你来烧吧！我刚好可以去冲个澡。"

"你每次下班，都要冲个澡吗？"

"是的，在医院里接触了很多病人，当然要冲个澡了。"

我停好车子，跟着老婆，乘着电梯，来到老婆家里。

我打开冰箱，取出两个鸡蛋，进了厨房。

老婆放下挎包，从卧室取了睡衣，进入卫生间。

我将水舀入锅内，开了煤气灶，待水快烧滚时，将两包泡面全部放入，又等两三分钟，将搅拌均匀的蛋液倒入锅里，再用筷子在锅中搅拌。而后，又将调料悉数倒入锅内，两大碗香喷喷的泡面煮好了。

当我把两碗泡面端到餐桌上时，老婆也从浴室里冲好澡出来了。

"好香呀！"老婆穿着舒服的睡衣，凑过来闻了闻。

"可不是么，这是泡面特有的味道，夹杂着鸡蛋散发的香味。"我也凑了过去，笑着说，"怎么还有沐浴露的清香啊！"

"你傻呀！"老婆被我给逗笑了。

"晚上你睡哪儿？床和沙发，由你挑。"老婆问道。

"我睡沙发吧！"

"行，我给你铺被子。"

老婆说完，就去卧室拿来被子，铺在了沙发上。

"奎，你要是觉得委屈，我睡沙发。"

"哪会呢！"我笑了笑。

我躺在老婆给我铺好被子的沙发上。关了灯后，两眼望着漆黑的天花板，感慨良多。

这是我第一次以接老婆下班的名义住在老婆家。为啥老婆会对我不设防，让我住在她家呢？如果不是内心接纳了对方，会这么做吗？这已经迈出了实质性的一步了。

我躺在老婆家的沙发上，想了很多。

等我睡醒时，已是上午八点多钟了。

我闻到一股从厨房间飘来的香味儿，原来老婆已经起床了，正在厨房间做着早餐呢。

我赶紧穿好衣裤，理了理沙发，并叠好了被子。

"奎，你起来了，不多睡一会儿吗？"老婆端着蒸好的馒头，从厨房间出来了。

"你都起来了，我要是再睡下去，我自己都觉得不好意思了。"

"毛巾和牙刷我都给你准备好了，你先去洗脸刷牙吧！"

"你想得可真周到啊！"

洗漱完后，我和老婆吃起了早餐。

"你没想过我会对你使坏吗？"我笑着说。

"认识你这么久了，这点信任总该有的吧！"

"谢谢你对我的信任。那我是不是可以经常睡沙发呢？"

"你想得美！"

"我想重申一下，我要追求你，可以吗？"

我注视着老婆，渴望她给出一个明确的答案。

老婆别过脸去，说："你都住我家里了，你还想怎样？"

"我想正式跟你确立恋爱关系。"

"你别光顾着说，再不吃，就冷了。"

"你不觉得我们这样相处，很温馨吗？"

老婆心头涌现一股甜蜜。

"中午我们一起做饭吧！"老婆说。

"好呀！"

"那一起去趟菜场吧！"

我开车到了菜场，找了个位置停下。我们步行进入菜场。

"本来可以去医院食堂吃的，那样省力。"我说道。

"食堂的菜口味又油又咸的，吃多了也不好。"老婆边走边答。

"那倒也是。可以尝尝你做的菜了。"我乐呵呵地说。

"怎么，黏在我这里，都乐不思蜀了。"

老婆买好一样菜，我就接过来提着。一圈逛下来，我的左右手都提满了各种各样的菜。

"我们吃不了那么多。"我想要制止老婆一再买下去。

"买多点，可以放在冰箱里，明后天都不用愁了。"

"好吧！"

总算是圆满完成购菜任务了，我们满载而归。

回到老婆家，老婆熟练地系上围裙，走进厨房，而我则在一旁帮忙洗菜、切菜。

老婆打开炉灶，蓝色的火焰舔舐着锅底。她先将植物油倒入锅中，待油温升高后，迅速将切好的葱姜蒜放入锅中爆香。一时间，厨房里弥漫着浓郁的香气。

接着，老婆将洗净的蔬菜倒入锅中，快速翻炒起来。我站在一旁，看着老婆娴熟的厨艺，心中不禁涌起一股钦佩感。

不多时，一道道色香味俱佳的菜肴在老婆的烹饪之下摆上了餐桌。

"今天总算见识到了你的厨艺了。"我赞赏道。

"我这算不上什么厨艺，只是把菜炒熟了而已。"老婆谦虚地回答。

两人相对而坐，享受着这温馨的时刻。眼神中透露出对彼此的温柔。

"味道怎么样？"老婆问道。

"有一种家的味道。"我灵光一现，说出这句带有诗意的话儿来。

老婆的脸蛋瞬间通红了。

晚上，老婆叫我到小区门口的便利店买点关东煮，我欣然答应。

她信任地递给我房门钥匙，说："我洗澡了，等下你自己开门进来吧！"

我接过老婆的房门钥匙，这是我第二次使用她家的钥匙了，心里有股暖意，流遍全身。

在便利店，面对着品种繁多的关东煮，我就随意地挑了一些，装在便利店提供的有点类似于桶装泡面这样的圆形纸盒里。

付好钱，我从便利店出来，夜风吹来，有点凉。

我利索地开了门，端着热气腾腾的关东煮，放在了餐桌上。这时老婆还没从卫生间出来。我有些好奇地凑近卫生间，屏息静听，依稀可以听见冲洗的声音。

过了会儿，声音静止了。而后，一阵钢化玻璃移门的声音灌入我的耳内，显然，老婆洗好后，从里面出来了。

"奎，你回来了吗？"老婆高声叫道。

"我回来了。"我紧张得心头一颤，不知老婆叫我做什么。

"放在床上的睡衣忘记拿进来了，你帮我拿一下好吗？"

还以为什么事呢，就这点事，举手之劳而已。

"好的。"我应了一声，赶忙跑到卧室，果然，睡衣还堆叠在床上。

我将睡衣捧在手里，忍不住低头嗅了嗅，洁净的睡衣上还残留着一丝洗衣液的香味。

我有点儿激动地来到卫生间的门口，心儿怦怦直跳。

"睡衣拿来了。"我尽量让自己镇定下来。

卫生间的门开了一部分，老婆躲在门的后面，伸出左手来接睡衣。

我看到了老婆洁白如玉的左臂，努力克制自己不要冲动地挤进卫生间，这是对她应有的尊重。

老婆接过睡衣，说了声谢，又把卫生间的门给关紧了。

我自问：我到底在想些什么乱七八糟的呢？这正常吗？

我来到客厅，坐在沙发上，尽量让自己平静下来，不去想刚才脑子里一掠而过的念头。

这时，老婆穿着睡衣从浴室里出来了。我抬起头来，像刚认识老婆似的，眼睛直勾勾地盯着她不放。

老婆倒不介意，笑着说："奎，是我的睡衣好看呢，还是人好看呢？"

"当然是人了。"我站了起来，走了过去，给了老婆一个大大的拥抱。

"奎，刚才，我让你拿睡衣，你有什么反应？"老婆柔声问道。

"你不会是故意的吧！你在考验我吗？我是男人啊！"我说得有些激动。

"你过关了。"老婆挣开我的怀抱。

"你不该这么考验我的。"我动情地说,"我也会丧失理智,做出对不住你的事情来。"

老婆笑而不语,走到了餐桌前,凑上去闻了闻那盒关东煮。

"好香呀!"老婆转头说道,"奎,你也过来一起吃吧!"

"我看着你吃好了。"

"这么多,我一个人哪吃得完呢!"

"你吃剩了,再给我吃吧!"

老婆也不多说,从厨房间取来一只碗,将关东煮分成了两份。我心领神会,只好坐了下来。

我拿起一串豆腐泡,轻轻地咬了一口。

"看起来很好吃的样子!"

"来,也给你尝一口。"我将手上的那串豆腐泡递到了老婆的嘴边。

老婆很默契地轻咬了一口,顿时感受到浓郁的汤汁和鲜美的味道。

"太好吃了!"老婆慢慢咀嚼着,回味着,赞不绝口。

"那你多吃点!"我索性将剩余的豆腐泡都留给了老婆。

"奎,你可真会选,你挑的这几种食材都很好吃呢!"老婆边吃边夸奖我。

"是吗?我也是乱挑的。你喜欢吃就好。"我笑了笑。

"你也吃呀,别光顾着看我吃。"

我点点头。

隔天老婆想自己包饺子。于是,我和老婆开车来到菜场,买来了饺皮和馅料。

我学着老婆包起了饺子,学得有模有样。

"奎,你是第一次学包饺子吧?"老婆笑着说。

"是啊，包得难看，你可别笑话我哦！"

"瞧你会写作，会书法，生活就是一个白痴。"老婆有点得意。

"我就是白痴一个。"我自我解嘲。

说着，我突然凑过去，在老婆的脸颊上亲了一口，令她猝不及防。

"胆子真大，不要脸！"老婆羞红着脸说。

我知足地垂下头，继续包饺子，却已心潮澎湃。

"这个饺子皮儿有点厚啊！"我有些笨手笨脚。

"是你不会包的缘故。你可以多放一些馅进去。"老婆熟练地包着水饺。

我动情地说："很高兴能吃到你包的水饺。"

"就包个水饺而已，看把你给乐的！"老婆开心地笑了。

一个个包好的饺子就像士兵列队一样，整齐地立在那里。

"奎，把这些饺子端到厨房来。"老婆吩咐道。

"好咧！"我愉快地回应。

老婆站在煤气灶前，熟练地将锅子放在炉灶上，轻轻拧开燃气开关。随着"噗"的一声轻响，蓝色的火焰欢快地跳跃起来，映照着她专注的脸庞。而我则静静地站在边上，看着老婆煮水饺。

老婆小心翼翼地将适量的水倒入锅中，等待着水烧开。当锅底开始冒出小气泡时，她轻轻地将一大盘的饺子倒入水中，看着它们缓缓沉入水底。

老婆目光紧盯着锅里翻滚的饺子，生怕它们粘在一起或煮破了皮。每当有一个饺子浮出水面，她就用漏勺轻轻搅拌一下，让它们受热均匀。

在这过程中，老婆加了两三次的清水。

"为什么要加清水呢？直接一次性煮熟不就行了吗？"一旁观看的

我不解地问。

"那是为了防止饺子粘连、促进均匀煮熟、保护饺子皮的质感和口感、控制温度以及防止饺子皮破裂呢！"老婆胸有成竹地回答。

"哦，原来是这样呀！"我恍然大悟。

饺子渐渐变得透明，散发出诱人的香气。

"认识你，看来我有口福了。"我笑了笑。

"你想得美！"老婆的脸蛋热辣辣地烫，不知是灶火的原因还是心里甜蜜的原因。

终于，饺子煮熟了，老婆慢慢地将它们捞出，盛进碗里。我迫不及待地凑过去，闻了又闻。

"奎，端到餐桌上，再闻也不迟呀！"老婆觉得我的这一举动，还是挺可爱的，就像一个馋得不行的小孩子一样。

"好的，那我端过去了。"我笑呵呵的。

"小心点，碗有点烫！"老婆嘱咐道。

我的手指刚触到碗沿，就像触电一般缩了回来。

"确实啊，这碗太烫，得用抹布包裹着才行！"我想到了办法。

"记得餐桌上也垫一层隔热的。"老婆又吩咐了一句。

"我知道的。"

热气腾腾的饺子摆在了餐桌上，老婆和我你看看我，我看看你，就等着水饺降降温呢！

我用汤勺小心地将一个水饺送到嘴边，吹了又吹，然后慢慢地咀嚼。

"哇，这饺子真好吃！"我赞不绝口地说。

"你喜欢吃就好。"老婆微笑着回答。

我以同样的方法吹了吹饺子后，这次我没有送入嘴里，竟然递到了老婆的嘴边。

老婆脸蛋儿又红了，说："我自己会呀！"

"吃一个吧！"我就想喂她一个。

老婆只好张开嘴，吃下了我递来的饺子。

老婆让我带她去乡下。我第一次见到她的父母。

我礼貌地问候："叔叔阿姨好，很高兴见到你们。"

老婆的父亲上前与我握手，亲切地说："小奎，你来啦！"他的语气充满了真诚和善意，让人感到宾至如归。

老婆的母亲则微笑着站在一旁，眼中流露出对我的喜爱之情。

整个场面充满了和谐与温馨。

老婆拉着我到楼上休息。

晚上，老婆的父母准备了一桌丰盛的晚餐，有红烧肉、炒青菜、鲫鱼豆腐汤等等。

老婆的父亲问了我一些工作和生活的情况，我都一一回答。

晚餐后，告别老婆的父母，我开车载着老婆回到了城里。

在老婆家，我们一起看起了电视。

"你爸妈挺热情的，菜也烧得挺好吃的。"我说着，伸手握住了老婆的手。

"那你下次还去吗？"

"去呀，怎么不去呢！"我深情地说，"握着你的手，感觉真好。"

"那是什么感觉呢？"

"幸福的感觉。"我脱口而出。

"奎，跟你在一起，我心里很踏实。"老婆说出了心里话。

"是吗？我给到你安全感了吗？"我笑着问道。

"是的。我觉得你是一个懂得付出，懂得关爱别人的人。我能感觉到你带给我的快乐。"老婆由衷地回答。

"老婆，我也能感觉到你的温暖呢！"

"我的手冰冰凉凉的，好吧！"

"你的小心脏，很温暖呢！"

"这你也能感觉得到？"

"要不要让我感觉一下！"

"你撩我！"

老婆躺在柔软的沙发上，她那美丽的脸庞微微上扬，头自然地靠在了我结实的大腿上。

"借你的腿靠靠，把你的腿当枕头了。"老婆眼神中透露出一丝满足，仿佛此刻她正享受着这份难得的放松时光。

老婆的秀发带给我轻柔的触感。我不由得轻抚着发丝，低头亲了一下她的额头。

老婆爬起来，整个人坐在了我的大腿上。

"我是男人，我会控制不住。"我努力调整呼吸。

还没等我反应过来，老婆双手抱住了我的头，往她的怀里送。我一阵窒息的感觉。

"奎，你说你像唐僧，我倒要看看，你怎么个坐怀不乱！"老婆说着，把嘴凑了过来。

老婆这么主动，我始料未及。我激动得找不着北，手不安分地乱摸。

"奎，今天你想做坏事也做不了，我来例假了。"

"那你为什么挑逗我？"

"看了电视里的亲吻镜头，就想逗逗你。"

"原来是这样啊！"

我像一只刚鼓起的皮球瞬间泄气了。

过了一个星期，我和老婆又去看了场电影。整个影厅里，就我和老婆两个人，有种包场的感觉。

整个世界似乎变得安静下来，只有电影的声音和我们的呼吸声交织在一起。

此时，电影中的男女主角走到了一起，他们手牵着手，画面浪漫而美好。

老婆也感觉到有人在轻轻触碰她的手，她转过头，发现是我的手。

我微笑着看着她，眼中满是温柔。老婆的脸上泛起一丝红晕，她也学着电影中的桥段，轻轻握住了我的手。我们的手紧紧相扣，像是传递着彼此的心意。

终于，电影结束，灯光亮起。老婆和我的目光交会在一起，两人相视一笑，好像刚刚经历了一场美妙的梦境。

"走吧！"我主动拉过老婆的手。

我们走出电影院，手牵着手，又回到了现实的世界。

夜晚的城市灯火辉煌，老婆和我并没有直接回停车场，而是漫步在街头。我们的手依然紧紧牵着，像是在模仿着电影中的情节。

"今晚的电影太好看了。"老婆轻声说道。

我点点头："浪漫的爱情片。我觉得，我们也挺浪漫的。"

老婆的心里涌起一股甜蜜。

走着走着，两人来到一家甜品店前。

我停下脚步，问："进去吃点吗？"

"好呀！"老婆欣然点头。

我们走进甜品店里，找了个空位坐下。

我点了一份草莓蛋糕，老婆则选择了一杯咖啡。

"奎，晚上有你的陪伴，我很开心。"老婆真诚地说。

"我也一样。"

夜晚的宁静笼罩着城市。

我和老婆一起走出了礼品店，手牵着手继续散着步，享受着这份自在与美好。

走到大型商超，我看到里面有娃娃机，便指着它对老婆说："我们来夹娃娃吧，看谁先夹到。"

"你童心未泯啊！"老婆笑着点点头。

我们投入硬币，开始了一场有趣的比赛。经过几次尝试，我成功抓到了一个可爱的小熊玩偶，高兴得像个孩子。

我把小熊玩偶递给老婆，说："这只小熊送给你，就当是定情物。"

老婆接过小熊玩偶，感动地说："谢谢！还挺浪漫的！"

月光下，我和老婆的身影渐行渐远。

夜晚城市的街道，宛如一条璀璨的银河。

我开着车，行驶在繁华的街道上，车内的气氛安静而温馨，只有轻微的引擎声和车轮滚动的声音。

车子缓缓驶入老婆家所在的小区。我跟着老婆进了她的家。

老婆开了灯，客厅的灯光亮了，光线柔和而温暖。

我随意地坐在了沙发上，毕竟我睡过沙发，觉得很亲切自然。

老婆走到我身边坐下，拉过我的手，揉着我的手掌取暖。

"我冷天就会手脚冰凉的，以前也这样。"老婆说着，把脸靠在了我的肩上。

我能闻到老婆的发丝散发出的淡淡的香味。不由自主地使劲嗅了嗅。

"你干吗？有这么好闻吗？"老婆笑出了声。

"嗯，就想着多闻两下呢！"我也跟着笑了。

随后，老婆给我铺了被子。

"晚上还睡沙发吗？"老婆似乎话中有话。

"你就大发慈悲吧！"我露出一副可怜样儿。

老婆抿着嘴想笑。她进卧室前，告诉我可别胡思乱想。可我怎么能不胡思乱想呢？我辗转反侧，难以入眠。

我鼓起勇气，告诉老婆我睡不着。没想到，老婆竟然也说自己睡不着。我说睡沙发有点冷。要不，再可怜我一下，让我睡在床上吧！

老婆没有回我，我想到老婆会不会在这关键时刻睡着了。为了一探究竟，我假装上卫生间，发现了一个惊天大秘密：老婆卧室的门竟然是虚掩着的，难道她是默许我进去吗？

我的心怦怦乱跳，内心已躁动不安。

我憋着气，告诉老婆我真要过来了。

老婆仍然没回话，难不成真睡着了？不管了，我进去瞧瞧吧！

黑灯瞎火的，我摸到了老婆的床上，整个人往被窝里钻。

老婆像是知道我要来似的，没有抗拒的意思。

此刻的我，已经丧失了理智，狠命地将老婆拥入怀里。

这个诗意的夜晚，这个唯美的夜晚，这个充满情调的夜晚，我和老婆钻在一个温暖的被窝里，那是两人小小的爱巢。

早晨，我告诉老婆，感觉昨晚发生的事儿就像做梦一样。老婆也这么觉得。

我说我会珍惜我们的感情，好好地去守护它。老婆说她相信我。

又过了几天，迎来了老婆的生日。

我祝老婆生日快乐，并发去了一段歌词：让我们红尘做伴，活得潇潇洒洒，策马奔腾，共享人世繁华。对酒当歌，唱出心中喜悦，轰轰烈烈，把握青春年华。

老婆说这歌词好浪漫呀！

我又发去歌词：我能想到最浪漫的事，就是和你一起慢慢变老，一路上收藏点点滴滴的微笑，留到以后，坐着摇椅，慢慢聊。

老婆说，她感觉到我的爱了。

我再次发去歌词：我祈祷有一颗透明的心灵和会流泪的眼睛，给我再去相信的勇气，越过谎言去拥抱你。每当我找不到存在的意义，每当我迷失在黑夜里，夜空中最亮的星，请指引我靠近你。

老婆陶醉不已！

我说，我希望自己以后也能写出这么美的句子。

老婆说一定要加油哦！

老婆将房门的钥匙交给了我。我受宠若惊，简直不敢相信这是真的。

"你真敢把房门钥匙交给我吗？"

"有什么不敢的？"

"你这不是引狼入室吗？"

"那就引吧，反正我不怕！"

又是一个深夜，我等老婆下班。在此之前，我已为老婆炖好了排骨萝卜汤。

"我给你准备了好吃的。"我神秘兮兮地说。

"别卖关子了，给我烧了什么好吃的？"老婆迫切地问。

"等下你就知道了。"

开了房门，我和老婆来到厨房间。随即，一股排骨的香味扑鼻而来。

"呀，好香的排骨汤呀！"老婆很是惊喜。

"你鼻子真灵，一下子就嗅出来了。"我笑着说。

我打开炖锅的锅盖，将排骨萝卜汤倒入碗里，端给了老婆。

"趁热喝吧，补补身子。"

"你怎么不给自己端一碗呀？"

"我这么胖，需要减肥，你这么瘦，需要增肥。"

我嘴上虽这么说，但一直流着口水，咽着唾沫。

两个人的陪伴，柴米油盐酱醋茶也是一种幸福。其实爱情不需要轰轰烈烈刻骨铭心，我想要的是细水长流的生活，平平淡淡才是真。

这段时间，接老婆上下班是我的重要任务。

我曾豪言吃遍城区的各种美食。火锅店、面食馆、牛排馆甚至普通的点心店、烧烤摊，都留下了我们的身影。休息时，我们就躺在沙发上闲聊，聊工作的事情，聊最近发生的趣事，也聊影视明星们的八卦。

我和老婆决定自驾去武义泡温泉。

那天早上，准备妥当，车子风驰电掣地开在高速公路上。

有老婆的陪伴，我感觉棒极了。到了武义，我们找好了入住的酒店，购买了唐风温泉票。随后，我们又在街上购买了泳衣。

我这是第一次泡露天温泉，还跟老婆一起泡，这种人生享受是可遇不可求的。

在金华城区，我们买了好吃的当地特产——金华酥饼。之后游玩了双龙洞，那可是名家叶圣陶笔下的双龙洞。最刺激的莫过于人躺在渡船上穿入岩洞中。

我经常能从老婆嘴里听到发生在医院里的事情，比如有患者突发不适进行抢救；比如有个老太太不讲理，跟护士们发牢骚；比如有护士发错了药……这些，都让我感受到护士工作的极其不易。所以，我要帮老婆多承担一些家务活儿（尽管两人还没领证），扫地、擦桌子，样样活儿干得很起劲，特别是去杂货店，买了马桶吸，清理了已堵塞的马桶。之外，还叫来水电工，检查厨房热水、卧室插座以及卫生间三角阀漏水情况，并得到了妥善地解决。

老婆网购的棕色泰迪熊已寄来。泰迪熊很可爱，老婆把它摆放在沙发的左边角上，时不时地将它抱在胸前，有时看着电视也要抱着它，甚至睡觉时都让它趴在被子上。

接连数天，老婆都在看言情剧。我就成了"主厨"，到菜场买来鱼肉、土豆等菜，动手下厨。换作以前，我在家都是吃现成的，可和老婆在一块后，就有了做菜烧饭的动力。

我要尽量满足老婆的味蕾。一天，我买了香菇、莴笋和年糕，准备汤年糕吃。我虽然烧得很不入味，但老婆却吃得津津有味。

时间一晃两个多月过去。

油菜花开。我带老婆去看油菜花。我们置身于花的海洋，与油菜花来个合影，心情无比舒畅。

傍晚，我们去了街上吃临海麦虾。哪知道吃完后下起了雨，还夹着冰雹，实在是太可怕了。冰雹有的大如鸡蛋，有的小如黄豆，我想，砸到人身上一定很受伤吧。老婆本来晚上六点钟还要去医院听课的，因天气恶劣，打算不去。幸好，医院因天气原因取消了课程。

雨还在下，我向店家借了把雨伞，先出去把车子开过来。更让人想不到的是，暴雨如注，道路很快积水，已没到小腿处了。我一看车轮半个陷在水中，来不及多想，脱了鞋子，挽起裤子，直接蹚了过去。更因下过冰雹，车子上面全是落叶。车身惨不忍睹。我穿着湿袜将车开到麦虾店，把伞还给店家，将老婆接了出来。遇到积水处，直接将老婆抱过去。

我清理掉大部分落在前挡风玻璃上的树叶，一路上将雨刮器调到最大，这才艰难地开回到老婆家。

我洗了脚，歇了会儿后，拿着鸡毛掸子，将车身上遗留的落叶悉数地清理掉。

下班后我学着做菜，洋葱炒蛋、番茄炒蛋、青椒炒猪肉……我都试了个遍。

老婆上了夜班，总算有两天的休息时间。翌日凌晨，我开车带老婆到绍兴鲁迅故里玩。

到了鲁迅故里，但见人山人海，摩肩接踵，络绎不绝。这里是鲁迅先生青少年时期生活的故土，是绍兴市区保存最完好、最具文化内涵和水域经典风貌的历史街区。一条窄窄的青石板两边，粉墙黛瓦、竹丝台门、花格木窗建筑，原汁原味的"三味书屋""百草园""鲁迅故居""周家新台门"等鲁迅笔下的遗迹穿插其间。

我们游好鲁迅故里已是下午两点，再驱车去赏樱花。宛委山樱花林，栽种着四千多株百余亩樱花树。听说樱花盛开时节，漫山遍野的樱花将山麓点缀得粉嫩水灵，令人无不心生向往。而且这里是华东最大的樱花林，所以特地过去感受绍兴的浪漫樱花，体验绍兴人的风雅闲趣。遗憾的是，我和老婆这趟行程，樱花并未全部开放，只开了一小部分，看上去光秃秃的。其间，也能见着部分樱花正含苞待放。可能是樱花节的缘故吧，这里人气特旺，偌大的樱花地到处是人。有情侣倚靠在樱花树下谈情说爱，有一帮人在地上打打扑克，也有家长带着孩子拍照留影充满欢声笑语，更有情侣在樱花地上搭起帐篷躲在里面休憩。

出了樱花林，一日的行程已然结束。带着一脸的疲惫和幸福，我带着老婆回来了。

我听老婆说，值夜班很辛苦，几乎没有空闲下来的时间，更别说躺床上或趴着小睡一会儿了，老婆又因例假，流了很多血，白大褂上都沾上了鲜血。老婆是跟一位新同事搭班的，新同事知道后，主动请缨，帮了不少忙。不过，一位老太太呼吸疾病附带胃病，胃疼起来，需要插管治疗，新同事不会，还是老婆自己上。无奈之下，老婆忍着疲累和身体不适继续干活，通宵达旦，一夜未眠。

我听后很心疼老婆。中午时，我特意去菜场买了黑木耳和红枣，打算烧黑木耳红枣汤给老婆吃。

我将黑木耳红枣汤盛上来，放在阳台的方形玻璃桌上。我们喝着汤，边闲聊边看着窗外的风景。

老婆说明天要三级查房，上面的领导过来考察，所以要多看会儿书。我不再打扰老婆，起身上班去了。

护士节，我和老婆在商场看中一款价格实惠的情侣戒指，买了回来。

5月20日那天，我和老婆早早地来到婚姻登记处。没想到比我们来得早的大有人在。紧接着，一对对情侣接踵而至。没过多久，婚姻登记处就排起了长队。

所幸，我和田老婆来得较早，不需要长时间的等待就轮到了。结婚登记手续顺利办成。

我告诉母亲，明天的航班，我和老婆就要去北京旅游了。

在北京的第一天，我和老婆先去毛主席纪念堂，瞻仰伟人的仪容；再去天安门广场和故宫。下午去世贸天阶，再到朝阳剧场看杂技。

第二天凌晨去八达岭爬长城，一览长城的雄伟壮丽。下午驱车到十三陵之定陵，乃明朝万历皇帝的寝墓。游览完后，再驱车前往水立方和鸟巢，看建筑的外形，在那里合影留念。晚上在饭店吃北京烤鸭和炸酱面，后去南锣鼓巷闲逛，买了青花钢笔和笔筒留作纪念。回来时经过长安街，观看了长安街的夜景。

第三天早上先去观赏景泰蓝制作工艺，之后去中华世纪坛，看外景。坐龙舟，过慈禧水道，至颐和园。下午去了圆明园、清华大学和天坛。

第四天先去孔庙和国子监博物馆。孔庙里有大成殿。国子监里有状元桥、孔子行教像。去广茗阁当王爷，赏武功绝技，打赏零钱。再去看北京的胡同，坐黄包车兜了一圈，打赏黄包车夫零钱。之后进一家四合院观看，拍照留影。

第五天是北京到台州的航班。飞机飞到台州时，因暴雨天气，飞机延缓降落，机上乘客焦灼难安。还好，飞机在上空盘旋近二十分钟后才得以降落。这让我和老婆惊魂未定，还好没出什么大事。不过这期间挺难受的，耳畔嗡嗡作响，人都快要窒息了。

北京回来后，老婆咳得厉害，我陪她去医院看病。在医生的建议下，老婆做了雾化，并在药店买了川贝粉，在水果摊买了雪梨，炖着吃。

我让老婆好好休息休息，我动手做起了晚餐，折腾出了几道菜来。

我上班间隙，打电话问候老婆。

"老婆，身体好点吗？"

"感觉生个病，人都变脆弱了，变得多愁善感。希望身体快点好起来，以后要多多运动。"

"嗯，老婆，我是你坚强的后盾。你是打不垮的女神，来到凡间只是受了点小挫折。"

"怎么说得像天女下凡？"

"你是嫦娥，我是满嘴口涎的猪八戒，天天想着抱你呢！"

"你就嘚瑟吧！下班了给我带碗香蕉粥吧！"

"香蕉粥？没听过哦。"

"你去问一下就知道了。对了，你帮我在网上买点麦芽糖，小时候吃过的，白白的，外面包着粽叶，听说能治咳嗽，效果很好。"

"我知道，就是小时候可以用牙膏壳换的那种白糖，网上应该有得卖。"

下班后，我到粥馆一问，还真有香蕉粥，看来是自己孤陋寡闻了。

我将香蕉粥打包好后送了过去。

过了几天，我陪老婆去医院抽血检查，取了化验单，拿给医生看，证实了怀孕。

"怎么办？"老婆一脸愁容。

"什么怎么办，你应该高兴才对。"我抑制不住内心的激动。

"这是意外怀孕呀！"老婆很是担心，接着说，"况且前段时间，我还因咳嗽吃过药呢！"

"应该没什么问题的。"

"我现在心很乱，先回去再说吧！"

"要不，问下妇产科的医生？"

"好吧！"

我陪着老婆去了妇产科。

老婆询问医生后，医生的答复是：一般来说，不会有影响的。

我送老婆回到家里。

"奎，我还是有所顾虑，你说怎么办呢？"老婆高兴不起来。

"老婆，怀了孩子，那就顺其自然吧！"我攥过老婆的手，深情地说，"孩子是我们的爱情结晶。我们需要一个孩子。老婆，答应我，好好保胎。"

老婆点点头，让我到药店买叶酸。我赶忙去药店，买了叶酸。

隔了几天，我陪老婆到医院检查指标，询问妇产科的医生，医生说孕酮偏低，需要保胎。医生开了保胎针，需要打上一个星期再复查孕酮。

中午，老婆没胃口，只吃了点马鞍山葡萄。我们挑选防辐射衣，最后挑中一款超薄的肚兜式的防辐射衣，样子还可以。

"夏天到了，这件防辐射衣单薄，穿着不会觉得热。"老婆说。

我点点头。

隔天，老婆去做了心电图，取了白带，回来发现下面流出咖啡色不明液体。

"奎，我现在短裤上有很多咖啡色的液体，我搞不清楚是哪里出血了。"老婆担忧地说。

"这些液体确定是血吗？"我问。

"咖啡色的，平时没有的。"

"我百度一下。"我查询后恐慌地说，"百度上说，是先兆流产，要去看医生保胎。要及时吃保胎药或打保胎针。"

"那赶紧去医院。"老婆已等不及了。

我们急匆匆地赶到医院。咨询医生，医生说，这是先兆流产的迹象。需要保胎，吃药打针。

无奈之下，老婆请假在家休养。老婆的母亲过来，照顾老婆。

这几天，老婆躺在床上动也不敢动，更别说起床活动了。老婆生怕再次出血，胎儿难保。庆幸的是，老婆的肚子并没有疼痛起来，兴许这保胎针和维生素还是管用的。

老婆没有胃口，想吃汉堡。于是我到肯德基给她买了个汉堡。孕吐阶段，饭吃不下，还要打保胎针，真难为老婆了。

晚上，老婆在客厅看电视，我剥了花生仁给她吃。

我心想：只要老婆肚子里的胎儿能保住，能健康发育就好。

隔天，我又带了南瓜汤给老婆吃。

"好痛苦呀，什么都吃不下，怎么办？"老婆着急了。

"你要吃点呀，挺住哦！"我宽慰她。

"好烦，度日如年。"

"过了这几天就好了，加油！"我说着，拉过老婆的手。

三天过去。老婆打电话给正在上班的我。

"奎，咖啡色液体消失了！我胃口好转了，吃了一小碗菜泡饭，还吃了一根玉米呢！"老婆喜悦地说。

"不错啊！我知道你很坚强。"

"现在能吃下一顿，算一顿。"

"进步飞快啊，继续努力！"

没过两天，老婆的厌食症又犯了。

"早餐吐光了，午饭吃不下，胃有点痛，好痛苦呀！"老婆一脸痛苦的表情。

"哦，那怎么办呢？要不 吃点面包吧！"我没辙了。

"不想吃面包。哎，老是这样，看不到希望啊。晚餐又不知道吃什么好了。"

"吃点粥，暖暖胃。"

"我不想喝白粥，没味道。"

"那就给你煮红枣粥吧！"

老婆打来电话说又出血了，我急忙开车过去，陪她到妇产科看看。医生给老婆开了硫酸镁的针，老婆带到家里挂。我守在边上。针挂得很慢，足足挂了四五个小时。

第三天，我又陪老婆做B超。结果正常，子宫未见出血，医生建议好好休息，并开了两盒保胎灵。

"奎，有空给我买点黑木耳，可以补血。"老婆说。

"知道了，保证完成任务。"我继续说，"孕妇要吃点营养的，平时注意休息，保证睡眠时间。"

"我们的护士工作，忙得很呢，哪容得我好好休息呢？"

"现在你出血，应该能请假的。"

"嗯，为了保住孩子，我豁出去了。"

老婆顺利地请了一个星期的假，这比她预想的要容易多了。

很快，我就买来了黑木耳。

"奎，你把黑木耳先放在碗里泡一泡，多放点，半小时后就可以放在炖锅煮了。"老婆说得很有经验。

"好的，我这就去做。"

"晚餐又不知道吃什么了，总是吃得太潦草，一点营养都没有。我想吃猪蹄，也想吃排骨山药汤。"

"没问题。只要你想吃，就没有办不到的。"

当猪蹄和排骨山药汤摆在老婆的面前时，老婆下意识地摸了摸肚子，嘴里念念有词："孩子，你爸爸对你真好！"

我听了会心一笑。

过了一天。我在上班，接到老婆的电话。

"奎，上午我觉得不舒服，就去医院看医生了。我胸闷，心率120，血压低，做了个心超，医生说是生理性的，心脏储备不够。"

"啊！那有什么良方吗？"我焦急地问。

"这跟怀孕有关。医生建议多休息，没开什么药。以后怀孕月份大一些会更明显。"

"哦，那你要多注意休息了。"

到了下午，老婆又给我打电话。

"奎，我发现厨房间有蟑螂！"老婆很是慌张。

"这有什么的，打了便是了。"

"我不敢打呀。要买捕蟑螂的东西了，不然杯子、碗、筷子等都被蟑螂爬过了，很脏的。"

"那你现在用餐巾纸或塑料袋将蟑螂包起来，扔掉就行了。"

"我不敢，你来弄。我怕蟑螂，都不敢靠近。它又不是死的，我怎么包得住？你下班回来，去厨房看看，肯定还在。"

我听了，真是又好气又好笑。

等到我下班回来到厨房查看，蟑螂已不见了踪影。

"老婆，蟑螂呢？"我问。

"咦，跑哪儿去了呢？不会跑到我床头了吧！"老婆又是一阵恐慌。

"看把你吓的！你是护士，有什么好怕的呀！"

"我打针拔针不怕，还真怕蟑螂！"

"我仔细找找吧，找不到就算了。蟑螂喜欢有水的地方，肯定是钻到下水管了。"

"你弄吧，我避开它！"老婆说着，转身走开了。

我无奈地笑了笑。

已到深秋。江南已有寒意。

"今天宫缩挺明显的，同一个姿势久了，肚子一阵阵发紧，想去问问医生，这样的情况是正常的还是需要注意休息，再就是要不要继续吃点保胎灵。纠结啊！"

"医生怎么说就怎么做呗！"

"奎，前面两次出血后，现在胆子越来越小了。"

"你先百度一下吧。"

"我百度过了，说是假性宫缩，要注意休息呢。"

"那你要注意休息，早点睡觉，保重身子。"

我说着，俯下身来，将脸贴在老婆的肚子上。

"你傻呀，现在还没动静的。"

"我跟孩子有心灵感应的……"

没过多久，老婆兴奋地告诉我，有胎动了。

"小乖乖在子宫里活蹦乱跳的，动静很大，弄得我没法睡。"老婆摸着肚皮说。

"哦，让我感受一下吧！"我蹲下身去，将脸贴了过去。

"小乖乖不是每时每刻都在动的哦！"

"哦，可能睡着了吧，我没感觉在动呢。"

"奎，你看我的腿，全是红点，痒死了，以前从来没有这样过。"

我仔细地看了看，问："是不是过敏了？"

"我要去看医生，可能是妊娠胆汁淤积的症状，要查肝功能化验一下。"

"那你现在不要抓痒哦！"

"我难受死了，忍着不抓。妇科如果没事，就去皮肤科看下。"

"嗯，看下放心。"

到医院检查后，医生告诉我老婆，红点确实是妊娠胆汁淤积引起的，问题不大，叫她放宽心。

"现在放心多了。"老婆舒了口气。

"你知道结果还看医生呀？"

"我也不能百分之百确定，看了医生，就图个安心呗。"

时间过得真快，老婆请了产前假。

我带老婆到妇保所，做了个 B 超，报告单显示，脐带绕颈一圈。医生说问题不大。

"脐带绕颈一圈还好，要是两圈以上，是不能顺产的。奎，该怎么办呢？"老婆有些茫然地问。

"别担心，医生说没问题，就一定不会有事的。"我安慰道。

"我就是担心到时不知如何选择了。"

"顺其自然吧。别想那么多了，好好保胎吧！"

老婆若有心事地挽着我的胳膊走出医院的门诊大楼。

隔了一天，老婆说鼻子出血，充血严重。

我放下手头工作，开车接老婆到医院看鼻子。医生开了红霉素药膏，说是炎症比较严重，但怀孕不能用药，只能用药膏涂鼻子。

晚上我动手烧菜，做了青菜炒猪肉、扁豆炒香肠、红烧鲫鱼三道菜。

"奎，现在小乖乖在我的肚子里踢得越来越厉害了，拳打脚踢的。"

"是吗，小乖乖，可别踢坏你妈妈的肚皮哦！"

"现在坐着不舒服，躺着也不舒服。在家都快闷坏了，真的要抑郁了。"

"你可以在楼下散散步。"

"一个人没意思。"

"那我晚上陪你散散步。"

"我想吃烤鸭。"

"我能满足你。"

"想喝谷物奶茶。"

"绝对没问题。"

我陪老婆到妇保所做产前检查，做胎心监护，检查结果一切正常。

没过几天，老婆感觉排便困难。

"老公，我便秘，好难受啊！坐着躺着都难受，去了好几次卫生间呢！我想用开塞露，又怕用了肚子痛。"

"那怎么办呢？你要多吃水果蔬菜，别吃零食了。"

"我现在每天吃水果蔬菜，很少吃零食，可能是怀孕的缘故吧。"

"那就试着用点开塞露吧！"

老婆听从我的建议，用了三分之一容量的开塞露，总算是解决了便秘的问题。

便秘解决了，数天后，鼻炎又接踵而至。

"奎，我的鼻子炎症很厉害，又出血，又水肿，影响呼吸。"老婆说。

"要去五官科看看吗？"

"嗯，左侧鼻腔堵了，又痛，睡不着，难受啊！"

"哦，上次你说的鼻炎又复发了。能不能用物理方法减轻症状，比如冷敷。"

"一抠鼻子就出血，不抠又不能呼吸，我现在只能张口呼吸了。感觉好难熬啊！"

"别紧张，只是普通鼻炎而已。"

"万一鼻癌怎么办？"

"你可别吓我，没那么严重。我给你用手电筒照照看。"

我找来手电筒，往老婆的鼻孔里照。

"里面确实红红的，充血很厉害吧。"我说。

"是啊，我怕死了，都不敢睡了。"老婆苦恼地说。

"你是护士，有什么好怕的？"

"就因为懂点，感觉没那么简单。"

"只是鼻炎的症状，不用担心啦！"

"明天一定要去看医生。"老婆接着说，"失眠、便秘、鼻炎，我还要坚持最后一个月啊！小乖乖，你就早点出来吧！"

和上次的检查结果一样：老婆只是鼻炎复发，因为孕期不能服药，只能按照老方法，在鼻孔里涂药膏。这下，老婆才放下悬着的心。

傍晚，我陪老婆散步，从家里走到附近超市，再从超市走回家里。一路上，老婆脚步迈得很吃力，感觉肚子在往下沉。

"奎，我有点走不动了。"老婆喘着气说。

"这是快要生的节奏了。"我一脸兴奋。

老婆就让我扶着她，慢慢地挪动着脚步。

半个月之后。

"奎，我屁股一阵阵痛，像是要大便，又不敢去厕所。"老婆说。

"离预产期还有一个多星期，这是要生了吗？"我有点激动。

"可能吧。奎，带我去医院做个胎心监护吧！"

"好的，我这就带你过去。"

老婆在医院检查后，确实有宫缩迹象，遂办理了入院手续。

老婆见隔壁床临产，被拉进了产房，紧张地等待着，心儿怦怦乱跳。

到了下午，老婆羊水破了，也被推进了产房。

傍晚，老婆诞下一男婴，七斤多重。老婆在产房里观察了两个小时后，母子平安出来。

全家人都围了上去。

我看到老婆脸色苍白，显然是生了孩子后整个人虚脱、疲惫，但她的眸子却流露出了无比幸福的目光。我再看看儿子，小家伙白嫩嫩的，可爱极了。

全家人都沉浸在喜悦之中。

住院期间，我就陪在妻儿身上，每晚在医院病房度过，累了困了就躺在硬邦邦的陪护椅上小睡一会。

儿子通过了听力测验，随后抽取了脚底血，测了黄疸，指标正常。我办理了出院手续，妻儿顺利出院。

十来天后，老婆发现儿子肚脐出血，打电话给正在上班的我。

"奎，儿子肚脐出血了，怎么办啊！"老婆焦急地说。

"是护理不到位吗？按理说这么多天了，肚脐不会出血，早愈合了。"

"你快回来，带儿子到医院儿科看看吧！"

"要不，你用碘附棉棒擦，再观察观察，如果还有出血，就带到医院看。"

"好吧。你下班后就赶回来，我们去看急诊科。"

担心儿子肚脐发炎，我一下班就带他去了医院看急诊。

急诊科的专家看后，让护士给孩子做了肚脐护理，叮嘱我老婆要一天消炎两次，并注意肚脐干燥。我又买了碘附、棉签和护脐贴，照着老方法进行护理。

两天后，儿子肚脐仍未好转，我和老婆又带他去儿科就诊。儿子在抽血时，表情痛苦，眉头紧皱，小脸涨红，哭声揪心，我很心痛，眼泪在眼眶直打转，恨不得替儿子挨上一针，代他承受抽血的痛苦。万幸的是，儿子抽血结果正常。看来，肚脐的炎症仍在可控范围。但炎症加重了黄疸，医生建议断母乳一个星期，儿子只能吃奶粉。儿子有点不适应，晚上哭闹睡不好。我陪着，一晚上没睡好觉。

没过两天，儿子的肚脐开始红肿了，老婆在晚上换洗时发觉更严重了，于是急忙挂了急诊儿科，医生检查后说要住院，老婆伤心地哭了。

我含着眼泪给儿子办理了住院手续。

我和老婆眼睁睁地看着儿子被护士抱进了重症监护室。

老婆瞬间泪奔，在我的肩头哭得一塌糊涂。

我自语：心痛啊，我可怜的儿子。

回到家的老婆失魂落魄，神情黯然。我也是精神恍惚，萎靡不振。

"要是儿子有个什么三长两短，我也不想活了！"老婆痛苦极了。

"老婆，别难过，我相信儿子一定能渡过难关，一定会好起来的。"我装作坚强的样子。

"一想到儿子没奶吃，我的心都要碎了。"

"监护室内有母乳配方的奶粉的，护士会定时定量喂儿子的。主要的问题是，等儿子出院后，你的奶水会不会减少了。"

"嗯，我要买个吸奶器，不能断奶了。"

"我现在就去买！"

我似乎来了精神，眼里又充满了希望。

数天后，我和老婆去医院咨询，医生说我儿子的病情有了好转。重症监护室只能一个人进去，老婆进去后，我在外面等待。

不一会儿，老婆出来了，她告诉我，看到儿子时，儿子咧开嘴笑，真是心有灵犀啊。细心的老婆还看到儿子脸上有划痕，是被指甲划的，护士已剪掉了指甲。儿子已有好转，虽然重症监护室费用昂贵，但比起儿子的命，钱微不足道。

老婆了解到，儿子在监护室内老是哭，不过食欲还可以。肚脐还有点潮湿。

又过了数天，医生说我儿子可以出院了，我和老婆无比欣喜。儿子在监护室内待了七个晚上，总算可以出院了。

看到儿子被抱出来的那一刻，我激动得热泪盈眶。儿子却一脸茫然，神情呆滞，躺在保温箱里挂了七天的针，好可怜呐！

"回家，带儿子回家！"我说这话时，像是从一场劫难里逃离出来似的，充满了胜利的喜悦。

我特意去菜场买了猪蹄、鲫鱼和豆腐，烧好给老婆补奶。

老婆吃饭间隙，我抱着儿子，儿子在我怀里睡着了。

我轻轻地将儿子放在摇篮里。摇篮很实用。儿子躺在摇篮里,摇一摇,马上就睡熟了。

儿子满月,我带他到卫生院注射了乙肝疫苗,建好了体检手册,并检查了儿子的身高体重等各项发育指标,结果挺令人欣慰的。

老婆产后三十八天了,下面还不干净,还有少量出血。

"奎,我今天又发现出血了,要去看妇产科。好烦啊,怎么老是干净不了呢?"老婆神情沮丧。

"啊,怎么回事?还在出血?"我很是吃惊。

"是啊,B超检查了没多大问题,搞不清楚啊!"

老婆看过医生后,医生说还有一毫米的积液,觉得没什么问题,认为产后个体差异,有些人需要一两个月甚至更长时间才能愈合,需要耐心等待。

没办法,老婆只能再熬一段时间了。

自从有了儿子后,我的身子开始发胖,正应了一个词语叫"心宽体胖"。

老婆看在眼里,急在心上。她不止一次地劝说我要"管住嘴,迈开腿"。

"奎,你要抓住任何可以步行的时机,多走路,让自己动起来,控制好自己的体重,不然身体的毛病会接踵而至的。"老婆这么跟我说,我并不在意。

"我的身体好好的,你不用担心。"我将老婆的话当成了耳边风。

在一次体检中,我竟然被查出患上了脂肪肝。我这下慌了神。

当我将病情告知老婆时,老婆并不吃惊。

"你不听我的话,现在得了脂肪肝,我能有什么办法呢?你不好好锻炼身体,这是你懒惰的后果。"老婆平静地说。

"老婆，你是护士，你一定有办法帮到我的。我相信你。"我攥过老婆的手，认真地说。

"我产后也要瘦身，我就跟你一起瘦身吧！"老婆接着说，"当务之急，是去买台跑步机，让自己动起来。再就是合理膳食，不能吃太多。"

"嗯，我马上行动。"

我说做就做，当天就去买了台跑步机，在跑步机上走了半个多小时。

"运动是需要坚持的，三天打鱼两天晒网可不行。"

老婆给我定了个目标，就是一周减重一两斤，科学合理、循序渐进地减重，那样体重就不会反弹。

一个人，只有当他得病的时候，才会更加重视健康问题。这不，我对脂肪肝有了前所未有的重视。我心中有了一个信念，一定要战胜脂肪肝。

老婆告诉我，脂肪肝是可以逆转的，不过这条路很漫长，很艰难，需要付出不懈的努力。

"奎，你要从现在开始，每天运动半个小时以上，并且要控制饮食，调整心态，积极地面对生活。"老婆指点道。

"老婆，我会的。"我无比坚定地回答。

老婆听了很是欣慰。

儿子满周岁时，我特意记下了一段文字。

"在父母眼里，你是好女儿；在我眼里，你是好妻子；在孩子眼里，你是好母亲。女儿、妻子、母亲，你扮演着人生的三重角色。感恩有你，感恩你的付出。愿时光慢慢走，舍不得孩子长大；愿岁月慢慢过，舍不得我们变老。"

跳一支广场舞

　　晚上八九点钟是广场最热闹的时候，我和老婆慢慢地逛到了广场边上。

　　这个广场叫永安广场，南临南官河，北临路桥大道，东边是台州市新华书店，西边是台州市客运中心（台州客运南站），由于位置好，晚间来这里的人特别多。

　　走到广场里面，但见一行行整齐的队伍在跳着广场舞。她们在用快乐的舞步传播着健康哦。

　　跳广场舞的大多是妇女，有些舞步熟练，有些舞步僵硬，更有些正在初学，跟不上音乐的节奏，但她们心无旁骛，专注于跳舞，不怕你的偷笑，尽情地享受这份闲情逸致。

　　我想到，不知从何时起，广场舞以摧枯拉朽之势席卷了中国的各个城市和乡村。在各地的公园、广场，甚至是一块较为空旷的地带，都可以看到一群大妈在翩翩起舞。她们舞出健康，舞出美丽，舞出人生的精彩。台州路桥的永安广场，也概莫能外了。

　　偌大的广场上，音乐声此起彼伏。各式的舞蹈也随着音乐而尽情地舒展。一会儿，东头的放音机里播着《最炫民族风》；一会儿，西端的扩音喇叭里嘶吼着《爱情买卖》。伴着音乐，人们时而弯腰抬手，时而扭动腰肢，时而转圈侧身，个个神情怡然自得。我和老婆痴痴地看着，忘记了是旁观者，竟走到外围，准备加入她们的队伍。

不过还好，理性告诉我，跳舞并非我所擅长的。为了不使自己出丑，爱惜自己的颜面，我止住了迈进的步伐。而老婆，她在距我两三米处，竟然舞了几下，朝我"咯咯"地笑了，感觉挺过瘾的。看来，跳广场舞也并非大妈们的专利。跳舞的大妈们着实经历了手脚不协调、节奏跟不上的尴尬，经历过怕羞被人笑的内心挣扎，最终跳出了最美丽的自己。

"我们也学着跳跳广场舞吧！"老婆跟我说。

"我不会跳呀，多尴尬啊。"我抗拒着说。

"你看呀，那些观看广场舞的年轻人都跃跃欲试，有些已加入跳舞队伍当中了。"老婆说。

"你不也成为广场舞的拥趸者了吗？"我乐呵着说。

"呵呵，这是一种健康的生活方式哦，我也要学着跳广场舞，要跳得比大妈们还要好。"老婆信心满满地说。

"我们年轻，跳街舞还差不多！"我说。

"街舞太炫了，不适宜我，我喜欢这种优雅、自在、轻松的舞蹈。"老婆回答。

我默默点头称是。

老婆拉了我一把，说："你个大男人的，害羞什么呀，想跳就跳呗！"

拗不过老婆，我也只好跟着她跳起了广场舞。还好有老婆的鼓励，我也不觉得害羞了。虽然跳舞的动作有些笨拙，但领悟力还是很好的，不一会儿，就学了一段广场舞。

"以后我们常常来广场跳跳舞吧。"老婆兴奋地说。

"好啊，我觉得这是健康的生活方式。现在大家生活条件好了，身心健康才是最重要的。我说得对吧？"我笑着说。

老婆含笑不语，跳得更来劲了。

又一支广场舞曲响起，我和老婆屁颠屁颠地学了起来。此间，欢笑声在我们的耳畔回响。

多么美好的生活哟！

十年

　　十年是漫长的，十年又是短暂的。十年的岁月催人老去，十年的光阴又促人成熟。十年后的我们，在时光的推移中更加坚定爱情。

　　十年是人生的转折点，十年又是人生的新契机。十年能带给我们痛苦，十年也能赐予我们快乐。十年后的我们，在甜蜜的爱巢里相互温暖。

　　十年是诗意的，十年也是缥缈的。十年含在嘴里的是爱人的名字，十年萦绕耳际的是孩子的童音。十年后的我们，在幸福的港湾里尽享天伦。

　　十年是明朗的，十年也是不可预知的。十年在踏实的工作中进取，十年也在爱人的叮咛里崛起十年后的我们，在温馨的家园里绽放微笑。

　　十年是我们厮守的见证，十年是我们同风雨共患难的历程。这十年中，想得最多的是爱人，梦得最多的是爱人，纸上记得最多的也还是爱人。

　　十年是我们知心阶段，十年是我们沐阳光汲雨露的嘉年华。这十年中，一起唱歌跳舞，一起饱览大好河山，一起享受恩爱的无尽快乐。

　　这十年，我们互不背叛。我们是世上最幸福的一对儿，徜徉在爱河里彼此轻抚，彼此关爱。

　　这十年，我们事业有成，我们活得有滋有味，沉浸在成功的喜悦中彼此打气，彼此鼓励。

　　这十年，我们依然是人间最有骨气的伴侣，挣扎在社会的最底层彼此照顾，彼此守护。

　　整整十年，不管风云变幻，不管沧海桑田，我们两颗相爱的心，都会紧紧贴在一起——永不改变。

第四辑

亲情故事

奶奶

奶奶走的那天，我哭得稀里哗啦。奶奶一定听到了我的哭声。奶奶也一定听到了，我一直在喊："奶奶、奶奶！"

……

救护车上，奶奶从重症监护室被运了回来。这一路上，我妈告诉奶奶："我们回家，马上就到家了！"

我们将奶奶从救护车上用担架抬下来，轻轻地放到床上。奶奶满嘴是痰，姑父用纸巾不停地擦拭着奶奶嘴里的痰液。姑母哭成了泪人，我爸红着眼圈在奶奶床边焦急走动却无能为力。

我女儿冒失地溜进来，扑在床边，问了句："太婆这是怎么了？"我妈过来，将不懂事的女儿拉了出去。我女儿又说："爸爸，您怎么也哭鼻子了？"

我分明地看见奶奶眼角溢出了一滴泪水。奶奶一定感知到了。

还记得奶奶中风的前一天，我和爸妈将奶奶从养老院接到残联，准备重新鉴定残疾等级。鉴定的人排起了长队，我妈替奶奶排队，奶奶就坐在车子的驾驶后座等候。哪知道，只过了一天，奶奶就出事了。

出事那天，妈妈打电话告诉我，奶奶被送往医院抢救了。我从椒江往回赶，边开车边流泪。

在医院里，我看到了奶奶昏迷着，身上插满了各种管子。我心痛到窒息。

医生告知，奶奶已病危。我们无能为力，只能眼睁睁地看着奶奶被推进重症监护室。

奶奶走了，我哭了。全世界的每个角落，都有我的眼泪。天空中那飘飘细雨，是我的眼泪在飞。倘若奶奶还在，夏天该有多好！我从来不相信奶奶走了。

我常常梦见奶奶。奶奶走后的那些很痛很痛的日子，我像在油锅里煎熬。

每到清明时节，不知道另一个世界的奶奶，过得还好吗？青烟一缕，心香一炷，寄托我对奶奶的思念。在奶奶的墓碑前，我用思念，把沉睡的奶奶唤醒……

奶奶深陷的双眼、脱落的发丝、皲裂的皮肤，记下了所有的饱经风霜。沟壑纵横的脸上，布满了艰辛的岁月。

奶奶患有高血压病。还记得那次从老房子楼上摔下来，奶奶差点摔成脑震荡。奶奶干瘪的手僵滞了，好久才苏醒，第一句话就是："我还没死。"

我清晰地记着，生活中奶奶的一些细节。特别是擤鼻子，让我忍俊不禁。奶奶走路的摆姿，我心口倍感亲切。

过去，奶奶提着潲桶喂猪，一声声"猡、猡"，令我捂嘴抿笑。奶奶佝偻着背，在屋后的水井边打水。打上来的水，用来洗衣，或者用来洗脚。

当奶奶听到叫卖声，卖鱼的，卖豆腐的，奶奶就会迫不及待地去买来，用老锅灶烧给我们吃。最难熬的是夏天，外面骄阳似火，灶膛口则热浪滚滚。奶奶挥汗如雨，一面忙着切菜下锅，一面赶到灶下塞柴木。

每当我大快朵颐的时候，奶奶的眼里，满是慈爱。我知道，跟着奶奶就有吃有喝，那种味道一直留在心里。

奶奶和爷爷，携手走过半个多世纪，温柔了时光，惊艳了岁月。

很早以前，爷爷会在凌晨三四点钟起床，要将收来的废品运到市场上变卖。奶奶要一起帮忙拾掇，放在板车上。爷爷在前面拉，奶奶在后面推。

有一次，爷爷上当受骗，收的全是假币。还有一次，爷爷收的废品，上面是铁料，下面全是石头。爷爷灰心丧气，懊恼不已，饭都吃不下。奶奶安慰爷爷，说日子还长着呢，钱还能再赚回来。

后来，奶奶得了脉管炎，我陪着奶奶去看病，几乎走遍了当地的各家医院。看着奶奶浮肿的脚，我心疼，却无能为力。我只能默默地陪着奶奶挂点滴。

没多久，奶奶的两条腿溃烂，不得不先后截肢。奶奶常念叨："要是有腿多好啊！可以烧饭，可以洗衣，可以为这个家，再操劳几年。"

再后来，奶奶住进了养老院。奶奶不图儿孙荣华富贵，只求常来养老院看看她，唠唠嗑儿，是奶奶最大的幸福。

原本在养老院，爷爷陪着奶奶。不想爷爷先走一步，留下奶奶孤单的身影。我以为奶奶会悲痛欲绝，奶奶却隐忍着悲痛，反倒安慰我们："老了都要走上这条路。"

奶奶走了。我见了奶奶最后的遗容。奶奶闭着眼睛，眼角还有一抹泪痕，那么强烈地刺痛我。这泪痕，是奶奶对我们的眷恋；这泪痕，是奶奶对我们的牵挂。奶奶有太多的不舍，太多的心里话，想要跟我们诉说。

我时常在梦中见到奶奶，梦中的情境像是真实发生的一般。奶奶那样的亲切，那样的慈祥，她拉着我的手欲说还休。我欲攥着她的手回到阳间，怎奈阴阳两界的阻隔，始终无法逾越这道鸿沟。梦醒时分，泪水已沾湿了我的枕头。

奶奶，不管时光如何转变，梦中却能相见。也许沧海变作桑田，不变的是无尽的思念。

爷爷奶奶在世时，我和父母经常去养老院看望他们。

在经养老院的途中，我和父母会在商场买点吃的和用的带给我的爷爷奶奶。

爷爷腰上的脓疮已差不多奎愈。听养老院的保姆说，我爷爷有时会语无伦次，可能是老年痴呆症。吓到我和父母了。

其实爷爷最大的问题是小便失禁，小便经常拉在裤裆里。

老妈把带来的猪蹄打开，用筷子夹着喂我爷爷吃，场面很温馨。

奶奶的面色很好，大家都笑她掉了白发长出了黑发。

每次在养老院，奶奶都会问起我的个人问题，问我工作怎么样，家庭怎么样，收入怎么样，我都一一做了回答。

奶奶虽然老态龙钟，但头脑清醒，挺关心下一代的。她会念叨着她的女儿为什么长时间没来看她了，我们都跟她解释说很忙，事实确实如此。

奶奶双腿截肢，无法下床，她告诉我们，能来看她，比金银珠宝都要值钱。她活着虽然痛苦，但看到我们就很开心，精神状态也好多了。养老院的老人们都说，我们家是最孝顺的一家了。我和父母听了很知足。

每次去，我们都给爷爷奶奶买了治疗高血压之类的药物，叮嘱养老院的保姆按时给他们服用。

临走前，我们还吃到了养老院的馒头。

我们村有个老奶奶，也住在这家养老院。她经常来到门口，目送我们回去，特让我们动容。这位熟悉的老奶奶还经常跟我奶奶聊聊天，我奶奶也就有说话的伴儿了。

那一碗青菜汤面

工作后，我要两城跑，下班后从椒江回到路桥。

我一进家门，马上就闻到了那股青菜汤面的味道，我禁不住地咽了几口唾沫。

走路的脚步声似乎惊动了正在厨房给我准备夜宵的老妈，她忙不迭地从厨房里面出来，笑脸相迎。

"妈，我回来了！"见到老妈，我心里特别开心。

"上了晚班，肚子饿了吧，快到厨房吃面！"老妈边说边帮我整理行李，我能感觉到她内心别提有多快乐。

许是吃惯了老妈烧的青菜汤面，我一进厨房就端着碗大口大口地吃起来。青菜汤面里放了些许肉丝，素的和荤的都有了，营养算是均衡了。由于吃得太急太快，我没有吃出青菜汤面的味道，只知道汤面里夹杂着母亲的那份喜悦之情，这已足够了。

正想将碗里的剩汤喝个精光时，老妈过来了。

"别急着喝汤，锅里还有面呢！"老妈说着，左手端着铁锅，右手拿着铲子，往我的大碗里倒面。

我没有拒绝的意思。我不知道肚子有没有填饱了，反正觉得再多吃一点也没什么问题。若是换了以前谈恋爱的那段时光，为了能省点钱出来谈恋爱，我经常饿着肚皮，要是吃下一大碗的食物，非吃撑着不可。而在家里，我没有这样的感觉。也许我是被回到家的幸福击晕了吧。

"你都瘦了一大圈了！"老妈看着我吃面，插话道。

我不敢跟老妈交代自己谈恋爱的事情，不敢说出工资都被我用来谈恋爱了。然而违背自己内心的意愿，是挺难受的。

"妈，工作那么紧张，身体有些吃不消，人就瘦下来了。瘦总比胖好吧？胖的人更容易得病。"我勉为其难地说出我的理由来，权且是用来应付的。

"明天给你多烧几个菜，补补身子。"

"妈，我现在身体好着呢，平时家里吃什么就吃什么吧，总比外头吃的地沟油要好上百倍哦！"

"哟，你这孩子开始懂事了。"

我心里想：我向来懂事的。只是，在老妈眼里，我恐怕永远是一个长不大的孩子。

　　邻居家开了个小作坊，刻模具打塑料，在当时手工业并不发达的情况下，在整个村子里算是响当当的了。那时的打塑料，不像现在机械按钮操作的，纯粹是费力的体力活儿，人整个儿挂上去，脚使劲儿朝墙面蹬去，才勉强完成一套"动作"。我时常能在半夜三更听到隔壁打塑料的声音，这声音在寂静的夜晚还有点刺耳，以至于一夜的美梦全被刺耳的打塑料的声音干扰了，美梦就这样泡汤了。

　　因为当时邻居家在全村经济普遍落后的情况下走在前列，所以没人敢小瞧他们家，反而有更多的人愿意去巴结他们家。当时就这样，你家越穷，就越没人看得起你家，甚至连欺负你家的份儿都有了。农村正是有这样的思想观念，我爷爷时常低着头蛮干，不去理会邻里的说三道四。我父亲也是如此，能忍就忍了吧。可我奶奶并不这样，她是个泼辣的女人，哪家说我家的坏话，没被奶奶听到也就罢了，要是被她听到，她必还击，管你是太上皇还是王母娘娘。所以，一些想跟我们家作对的人，知晓其中利害，只好背地里议论我家。然而，那些背地里对我家议论的话儿，还是偶尔会灌入奶奶的耳朵里。我奶奶一不做二不休，站在门槛外，破口就开骂，声音又洪亮，百米开外的村里人都听得一清二楚。若是碰到一个厉害角色的，跟我奶奶对着骂，半个村子简直沸反盈天了。

我妈也是个厉害的角色，不仅仅是她手套活儿做得好，嘴皮子上的功力也着实了得，应该仅次于我奶奶吧。

有次发生了"内战"，原因是这样的：我妈说了几句我爸，被我奶奶听到了，奶奶护儿心切，顶了我妈几句，我妈也不赖，得理不饶人，将矛头对向了奶奶。这下真出糗了，自家开骂，被邻里人都听到了，邻里人只有笑话我家的份儿了。我妈和我奶奶越骂越勇，以致将祖宗十八代都抖搂出来了。

我当时听着，差点委屈地哭了。爷爷蹲在一个角落里，气得直发抖，却无奈地唉声叹气。我爸倒好，有奶奶护着，气焰也很嚣张，这阵势想要逼我妈回娘家不成。我年幼，根本阻止不了那场"骂战"，那可怎么办呀！还好我叔（我爷爷亲弟弟的儿子）闻声风风火火地赶来"救场"了。这场可谓硝烟弥漫的"战争"终因外力的介入而消止了。

都说"家和万事兴"，连自家都搞不团结，也就不能怪别人笑话了。

持
家
的
母
亲

　　我妈是王氏家族中干活最利索的女人。她那些年除了做家务活儿外，还做起了手套。缝纫是她的强项。

　　我妈通过钻研，很早就学会了自制手套。其实做手套并非想象中那么难。做手套需要具备这些基本条件：剪刀、布料、缝纫机和线，手套模样也不可少。有道是"依样画葫芦"，布料就是依照样子裁剪的。

　　没有裁剪桌，我妈就弄来两张一样高的凳子，然后在两张凳子上面放一张长方形的木板或夹板，这样就可以进行裁剪了。裁剪布料是做手套的第一步，裁得要精准，不然手套做起来很难看，甚至连手指都插不进去，那样就宣告失败了。我妈是从无数次的失败中走出来的，才有了后来的成功。

　　做手套的第二步就是缝纫了。我妈当时用的是老式缝纫机，俗称"洋车"，是用脚踏的，不像现在的缝纫机都用上了电机。所以，我妈每天脚踏下来，腿就酸酸的了。但我妈为了我和我妹，为了生活，为了撑起这个家，咬紧牙关，毫无怨言，没日没夜地干活，只为了赚点小钱养家糊口。

做手套的第三步自然是检查和包装了。那一双双漂亮的手套做出来后，我妈会露出欣慰的笑容，这可是她劳动的结晶，劳动的成果。

因为正值冬季，是手套销售的旺季，所以我妈做手套比平常更忙了，最忙时连饭都吃不好，就囫囵吞枣地勉强填个肚子。

那会儿做手套的成本也低，手套的布料是从上海进来的。而进布料的活儿，就得靠我爸了。

我爸在帮我妈做手套之前，做过很多的小生意，比如卖香烟之类的，均以失败告终。而我爸所亏掉的钱，只能让我妈辛苦地做手套，一点一点地赚回来。

那年的天气有点冷，我爸要去上海进布料了。临行前夜，我妈放下手上的活儿，为我爸细心地打点行囊。上海的天气不比这边的天气暖和，我妈给我爸多塞了一件毛衣。我爸见状，说："用不着这么多衣裳，两三日回来了，放心好了。"

我妈却固执地说："两三日也一样，在外头冻着不好，听讲！"

我妈哄着我爸，到最后，我爸还是服服帖帖地接受了我妈的盛情。

我爸外出上海进布料的几天里，我热切盼望着我爸能早点回来，好像有爸爸的这个冬天，我就不会害怕北风呼啸了。

终于盼到我爸归来。我能察觉出我爸脸上挂着的沮丧。

"没货！"我爸气愤地说，"货被别人抢走了，白等了两三日！"

我妈给我爸端了一碗鸡汤，安慰说："货没了没关系，人平安回来就好。这两三日你在外头也吃力了，喝碗鸡汤补一补。"

我当时并不明白，这也许就是我妈对我爸深切的爱吧。

爷爷拉板车的

老屋前有一辆板车。板车是我爷爷的运输工具。爷爷每天拉着它在外面吆喝，这是他的生活写照。

我爷爷性格软弱，忠厚务实，逆来顺受，成天拉着板车到处收废品收破烂的，完全没有长辈的架子。由于老屋太窄，放不下那么多的"破烂"，我爷爷就索性将一些不怎么值钱的废品放在屋外。当时社会风气好，小偷也不多，更何况小偷对这些"破烂"不屑一顾。

那年，我就感觉爷爷的背有点驼了，脸上的皱纹一道又一道的，简直像头老黄牛。我们王氏家族的成员，都劝我爷爷年过花甲了，就少出外拉板车，在家里休息得了。我爷爷却一句也听不进去，苦着脸说："闲不牢！不做生活，钞票哪里来？饭都没得吃！"

我爷爷是个埋头苦干的人。他平时收破烂，也要时时去管理田间。收破烂和干农活两者，我爷爷都不耽误。田间有需要的时候，就会先去干农活。对一个地道的农民来说，种田才是第一位的，而收破烂只是为了维持生计，说得好听一点，就是为了让生活过得好一点。

锄草，是我爷爷长年累月的活儿。面对成片的杂草，爷爷用上除草剂，整桶背着，直接喷洒，收效相当不错。我那年跟着爷爷锄过草，但没有毅力，坚持不了多久，谁叫我年纪小又细皮嫩肉呢！锄草和扫地都曾让我的手长过水泡，谁叫我这么热爱劳动呢！

没过多久时间，老屋被全部拆了。老屋里能卖几个铜钿的废旧物品，被我爷爷统统地捡了回来。捡回来的物品，放外面又不安全，怕被偷走，于是，叔叔家的前间屋子，就被我爷爷用来堆放废旧物品。这一堆不要紧，把前间屋子堆得满满当当的，真有水泄不通的感觉。

叔叔的二层楼并不宽敞，突然一下涌进我家六口人，就更显得拥挤不堪了。叔叔为人直爽，没有抱怨什么。

这么一来，我爷爷就跟他弟弟每天能见面了。晚上来兴致时，两人坐在一块，喝上几口小酒，"高谈阔论"一番。

我爷爷的弟弟劝我爷爷，说："老哥，你儿媳做手套赚钿好，你就不用拉板车了！"

我爷爷皱着眉头，苦着脸，叹了声气，说："屋里没钞票，我这个老骨头不拉板车，钞票天上落下啊？没办法哦！"

我爷爷就是这样固执而又勤劳的人。

爷爷在世时，节约是我家的优良家风，从我爷爷到我女儿，得到了很好的传承。

爷爷很节约粮食，每次吃饭，都不剩一粒米饭，我爸曾笑说我爷爷"省到极点"，我爷爷严肃地说，浪费粮食最可耻。

我爸受爷爷影响，养成了节约的好习惯。上次在饭店吃好饭，我爸就吩咐服务员将剩下的食物打包。我阻止说，别人都不打包，我们打什么包？我爸严肃地说，你爷爷在养老院，他要是看到，肯定同意我打包。我虚心接受批评。

我女儿能自己独立吃饭了，本来是件好事，但她却浪费粮食，每次吃剩很多，就说不吃了。我开始教育女儿不能浪费粮食，农民伯伯种粮很辛苦。我屡次说教，她都当成了耳边风。打骂不是好的教育方法，我得想法子，潜移默化她。

苦思冥想好久，我决定带女儿到养老院，看望她的太公太婆，给她来个"现身说法"。

我带女儿到了养老院。中午，我爷爷奶奶将吃好的碗筷交给养老院的工作人员。我跟女儿说，你看到没有，太公太婆的碗里不剩一粒米饭。女儿点点头说，爸爸，我也保证能做到。我微笑着摸了摸女儿的脑袋。

回到家里，女儿就要我讲讲太公太婆的故事。我就从爷爷让我节约粮食开始讲起。

十几年前，有次我奶奶生病卧床不起，端水端饭洗碗的任务就交给了我妈。我妈有时让我将爷爷奶奶吃好的碗筷端过来交给她清洗，我发现爷爷奶奶的碗里竟然不剩一粒米饭，第二天还是这样的情况。第三天，爷爷告诉我，节约是好习惯。而我却不以为然，仍然我行我素。奶奶病好后，爷爷时不时地过来突击检查，令人防不胜防。一次，我胃口不好，剩了半碗米饭未吃，不巧爷爷过来查看，厉声说，你又浪费粮食了。我妈替我解释，说我胃口不好，吃不完就剩了。爷爷还不放过我，苦口婆心地教育我。再有一次，我因上班快迟到了，匆匆吞了几口饭就出门了，正好被爷爷撞见。爷爷见我碗里还剩那么多饭，很是气愤。等我下班回来，他还惦记着这件事，又跟我耐心地说了一大通浪费粮食可耻的话儿，我虚心接受教导。事不过三，打那以后，我就慢慢养成了节约粮食的好习惯。

女儿认真听了我的讲述，很受启发。她说，爸爸，我保证再也不浪费粮食了。

一段时间下来，女儿还真做到了。我很满意。

　　那年，老爸年近花甲。父亲节那天，老爸不忘去养老院看他的爸爸，要我开车载他到养老院，我欣然应允。

　　在去往养老院的路上，老爸看到路上有一处卖水果的摊子，就急切地叫住了我，让我靠边停车，他要下去买点水果。于是，我把车子缓慢地停在了边上。

　　老爸下了车，挑了黄桃和葡萄两样水果，没有零钱，就将身上仅有的一张百元大钞递给了摊贩，这一幕我看得一清二楚，有点感动。老爸平时省吃俭用，舍不得花钱，而现在给我爷爷买吃的，眼睛眨都不眨一下。

　　买好水果，老爸又坐回到副驾驶座上。很快，车子开到了养老院。老爸提着水果走到我爷爷的房门，我也跟了进去。

　　老爸叫了声爸，我叫了声爷爷。

　　爷爷何尝不盼着家人去看望他呢。爷爷虽然说话迟钝，躺在床上连坐起来都很吃力，但他的眼神里流露出了欣喜。

老爸把我爷爷扶起来，让他稳稳地坐在床沿，随后将买来的葡萄剥开，递到爷爷的嘴边，喂给他吃。此时的爷爷，就像个孩童一般，享受着难得的温情。

而后，老爸又拿起剪刀，蹲下身去，细心地给我爷爷剪起了趾甲。爷爷就那样慈祥地坐着，嘴角露出一丝微笑。

老爸给我爷爷剪好了趾甲，再用毛巾给我爷爷的脚擦拭干净，爷爷满足而幸福地躺回到床上。

这一幕，我感动得无以复加。我默默地看着这一切，默默地把这一切记在了心上。

在回来的车上，我塞给老爸一百块钱，说，爸，今天是父亲节，这一百块钱给你买点吃的吧。

老爸推辞说，你赚这么点工资也不容易，你还是自己留着花吧。

见老爸坚持不要，我只好收回了钱。

老爸的父亲节，就是这么度过来的。

老爸内心很快乐，因为他是一个孝子。

以前家里立地房，旧衣柜就立在我妈卧室的中央。衣柜中间镶着一块长 60 多厘米、高 1 米多的玻璃镜。我妈每天起床，都会在镜子前梳头发。

一天，我被我妈揪住。

"你看看你，每天都不照镜子，衣领都没翻出来，就这么出去呀，像什么样子！"

"妈，照镜子浪费时间，没必要呢！"

"还嘴硬，看看你自己什么样子！"

我硬着头皮走到镜子前瞧个究竟，赶紧将衣领翻出来，随后赶忙转身，踩着木楼梯"噔噔噔"地下去了。

我妈在楼上喊："下次别忘了照下镜子啊！"

我回应："知道了。"

到了晚上。一家人在吃晚饭。

我爸说："我们要搬新房子了。老房子要拆掉了。"

我说："那旧衣柜都要扔了，新房子要用新衣柜。"

我妈说："旧衣柜不能扔。"

"为什么？"

我妈回答："旧衣柜是我三十年前的嫁妆，有意义，又是实木做的，经久耐用，扔了很可惜。更重要的是，衣柜中间还镶着玻璃镜子，这种家具，市场上很难找到了。"

"妈，市场上家具可多了，要什么有什么，您这旧衣柜呀，已经土得掉渣了。"

"旧衣柜还可以用，留着继续用呗。"

说不过我妈，我就不吭声了。

乔迁那日，我帮家里搬家具。

旧衣柜太庞大，楼梯下不了，我和我爸用绳子牢牢捆好，准备从阳台往下面放。

当我使劲抬起衣柜时，衣柜的玻璃镜不偏不倚地磕到了阳台，玻璃镜瞬间裂开了一道缝。这道缝从上到下，很是明显。

我朝楼下喊了一声："妈，玻璃镜被磕破了。"

"你怎么这么不小心啊！"

旧衣柜被放到了楼下的地面上。

我妈双手抚着那一道缝，心疼不已。

我急忙从楼上下来。

"妈，镜子碎了就扔掉吧，连同衣柜重新买过。"

"不行！不能扔。"

第二天，我妈用透明胶带小心翼翼地粘镜子。

我看不过去，上去阻止。

"妈，镜片都裂开了一道缝，有什么好粘的，直接买新的得了。"

我妈不听，兀自粘着镜子。

这时，我妹过来了。

我妹说："妈，我听人说，破了的镜子放在房间里不吉利，您还是扔了，买新的吧！"

"你懂什么，这镜子都用了三十年了，都有感情了，怎么能说扔就扔呢？你奶奶那枚小镜子应该有五六十年了吧，她照样拿着梳头擦脸呢！老年人都能做到，我们为什么不能做到呢！我还打算这块镜子跟着我一辈子呢！"

我爸闻声过来。

"我就知道你们为镜子的事情争吵不休。房间里镜子肯定要有的，这块镜子确实破了，明天到玻璃店量身定做一块新的。"

我妈问："能定做吗？"

我爸答："肯定能定做了。假如不能定做，就用回旧镜子吧！"

我和我妹都点头赞同。我妈也就默认了。

我爸将旧衣柜的镜子卸下，用软尺量好了尺寸，赶到玻璃店，将量好的尺寸告知店员，并预付了定金。

过了两天，我爸将新的玻璃镜装回到旧衣柜。

我爸说："怎么样，还行吧！"

我妈满意地点点头。

我将新买的一枚镜子挂到了墙上。

照着镜子，我看到了自己久违的笑容。

我和我的女儿

一天，女儿见我裤子湿了，就开始教训我了：爸爸不听话，尿裤子了。当时，我妈、我妹夫都在，惹得他们呵呵直笑。其实我是吃午饭时不小心坐在湿凳上。还有一次，我在小便，被女儿发现，这回她夸我了：爸爸真棒，会自己站着尿尿。女孩子可是坐着尿尿的。我听了，会心一笑。

女儿喜欢让我举起她，让她像小飞机一样飞来飞去；女儿喜欢坐在我的二郎腿上，她就像坐在跷跷板上，一上一下；女儿喜欢爬到我的大腿上，再滑到脚背上，就像滑滑梯一样。

女儿爬到我的背上，就像爬山一样；女儿骑上我的脖子，就像到了山顶……女儿喜欢我的怀抱，把头靠在我的肩上，呼呼睡去。

女儿喜欢听我打呼噜。看我睡去，她拿毯子盖在我的身上。

有时，女儿会缠着让我抱。抱过后，就趴在我的胸口睡着了。睡熟后，我会把她放在沙发上。

睡醒后，女儿就跟我玩耍了。我的双腿翘在茶几上，女儿就坐到我的腿上，还吃着口香糖，玩起了手机。玩得尽兴，竟然整个人躺在我的大腿上。我叫女儿下来，说腿很痛，撑不了了。女儿顽皮得就是不下来，我只好忍痛硬撑着。

女儿玩倦了，我直起身，女儿见状，又伸手让我抱抱。抱着也就罢了，女儿还爬上我的头顶，边爬边笑，笑得很无邪，很灿烂。没办法，又被女儿活活地折腾了一回。

有次送女儿去幼儿园时，女儿说脚后跟被黏住了。她的手指在凉鞋的后跟处不停地摆弄着。我仔细地瞧了瞧，原来有类似于胶水的东西黏在了脚后跟处。

我把她的鞋子脱下来，用纸巾把鞋子擦干净，再把女儿的脚底擦干净，把鞋子穿回去。幸好时间还有，没有迟到。

有天接女儿回来，女儿看到一辆电瓶车不知何故横躺在地上。她跟我说：爸爸，电瓶车倒地上了。

我不想招惹事情，想敦促女儿快走，却不料女儿站在那里不走了。

我拉了她一把。我想，如果我们再不走，要是被车主看到了，还以为是我们把电瓶车推倒或碰倒的，不如趁早离开为妙。

哪知，女儿竟冒出一句让我深感惭愧的话语：爸爸，你把电瓶车扶起来，人家会表扬你的。

我不敢怠慢，将手上的东西放在一边，按照女儿的意思，把电瓶车扶了起来，然后把电瓶车的脚垫也安放整齐。

这时，女儿说了句：爸爸真棒。

我感到很开心。

我答应过女儿，要带她去摄影馆拍照的。这不，两天过去，我说到做到，真带女儿过去了。

那天下着小雨，我开车到儿童摄影馆前，停好车，从车上下来，一手撑伞，一手抱着女儿进去。

摄影馆内有摄影棚，摄影师和服务人员已准备就绪。

摄影棚内布置了很多道具，是供摄影用的。场景的设置还是挺有创意的。

有一个房间，专门用来挂儿童的服饰，供孩子们挑选穿戴之用。我给女儿挑选了三套衣服，都挺好看的。

女儿对照相机有感觉了，喜欢在照相机前摆弄各种姿势，也很配合摄影师，跟摄影师互动，做做小游戏。那些精彩的瞬间就这样被定格了。

三套衣服拍摄下来，整整花了两个钟头的时间。

兴许是拍累了，女儿很快就躺在沙发上睡着了。我忙不迭地给她盖好了毯子。

端午节，我带着女儿，去了绿城玫瑰园观看恐龙展。女儿看到假的会动的恐龙，还真有点害怕，想让我抱着走。因为天气太热，阳光又太毒，我一只手撑着伞，另一只手抱着女儿，手臂一下子就酸了。我只得把女儿放下来，让她自己走。女儿见我痛苦难受的样子，就乖乖地下来自己走了。

在看恐龙时，女儿都是拉着我的手的，生怕我一放手，恐龙就要把她吃了似的。

从玫瑰园出来坐到车上，女儿已汗流满面了。

中午，我妈给我女儿包好了食饼筒，女儿接过食饼筒，津津有味地吃了起来。

女儿喜欢吃虾仁，竟然伸手往碗里抓虾仁，并把虾仁嵌入食饼筒，样子可爱极了。

吃好食饼筒，女儿折了一只纸船，将洗衣台灌上水，把纸船放进水里，闹腾了一会。

第二天我下班回来，女儿正在小区的游泳池里戏耍。见她在及膝水位的游泳池里行走，我吓出了一身冷汗。万一女儿在游泳池中滑倒，那该如何是好。

我急忙招呼女儿，让她靠近我，我好将她从游泳池里抱出。女儿停止了在水中戏耍，伸出手让我抱她上来。

游泳池边上，女儿的玩具自行车的后轮横杆脱节了，不能再使用，我只好把玩具自行车放在汽车的后备箱，待有空时再去维修，如果维修不成，就当作垃圾处理掉。

两天后的晚上，幼儿园有文艺汇演，我去了幼儿园，等待演出的开始。

女儿表演的群舞排在节目单的后面，需要耐心等待。在后台，化妆师已给女儿梳好了头，化好了妆。我用手机给女儿拍了张照，感觉还不错。

演出开始，女儿站在舞台上跳起了舞蹈，我赶紧拿手机录像。女儿表演完后，缠着让我抱回家去。

周末有天，我妈因严重腹泻在诊所挂针，我带女儿到数码城玩。

在数码城，女儿跑东跑西，一会儿趴在营业柜台上玩手机饰品，一会儿跑到电梯旁乘电梯。我在她身后牢牢地跟随着，生怕一不留神，女儿有个闪失。女儿玩得口渴了，我带她去肯德基，买了个甜筒吃。

下午，我陪女儿玩飞行棋。女儿竟然一板一眼地教我怎么玩飞行棋，真是滑稽得很。游戏规则她说了算，她想怎么玩就怎么玩。结局都是她胜利。我自叹不如呢！

我开了王老吉，女儿竟然拿来两口碗，要跟我干杯。我只好听从她的吩咐，斟上两小碗，然后跟她碰碗。女儿碰碗后喝了起来，模样儿真让人忍俊不禁。

随后，女儿躺在沙发上睡着了。我躺沙发看书，不知不觉打起了瞌睡。

有天，幼儿园园长打来电话，说女儿发高烧了，让我赶紧过去。

我开车赶回，将女儿送到卫生室，并开了药。

我赶紧给女儿喂药，观察体温情况。过了一个多小时，我再给女儿量体温，体温降下来了。

女儿从床上爬起，坐到客厅的沙发上看电视。我不许她长时间看电视，允许她跟我玩游戏。女儿坐在我的大腿上，让我扮演小白兔和小花猫，还不断地纠正我的各种手势。为了让她开心，我一一照做。

晚间，女儿拿着儿童牙刷，挤上可吞食的儿童牙膏，刷起牙齿来特别认真。

女儿刷好牙齿后，还张大嘴巴让我看。我看了，牙齿确实刷得挺白的。我给女儿竖起了大拇指。

我带着女儿参加亲戚家的订婚酒宴。

去的路上，一个骑电瓶车的人在玩手机，差点撞上我的车子。女儿着实吓得不轻。

酒席间隙，女儿边吃边玩耍，东奔西跑，玩得不亦乐乎。

我发觉原本在我眼皮子底下的女儿竟然消失了。

我开始焦急地寻找。最后，在一个小房间的一个小角落里发现了女儿。真是虚惊一场。

我把这事告诉了老婆，她说我是怎么带孩子的，连小孩都看不住。要是被人拐走，真的后悔都来不及。

我应该反思。要是晚上女儿真的被陌生人抱走了，我这辈子都不会原谅我自己。

女儿喜欢给我戴眼镜。

"爸爸，闭上眼睛，我给您戴眼镜。"

"好呀。"我幸福地闭上双眼。

"爸爸乖！别乱动。"

女儿说着，给我戴上了眼镜，随后拿下，又戴上去。这样反复弄了三回。

"眼镜戴好了吗？"

"戴好了。"

我睁开双眼，眼前一片模糊，镜片已被女儿的手指给弄糊了。

我只好去卫生间洗了镜片后重新把眼镜戴了上去。

一次，女儿得了化脓性扁桃体炎，医生建议做个血常规。

"爸爸，抽血我不哭的。"

而我，眼泪已在眼眶打转。

"爸爸不哭！"

坚强的女儿反倒安慰起我了。

护士一针扎下去，女儿咬着牙，真的没哭。

我再也忍不住，眼泪掉落下来。

化验结果出来后，有些指标不正常，医生说要连着挂三天针，消炎和抗病毒要同时进行。我对医生说，可不可以先吃两天药，如果未见好转，再来挂针。

"爸爸，我要回家。"女儿连说了好几遍。

我心想，能吃药就不打针。

医生开了消炎药和抗病毒的药，我带女儿回家了。

两天过后，女儿病情有了好转，又开始活蹦乱跳了。

第五辑

人生感想

读书甘苦谈

"知识就是力量"，这是英国著名学者培根说的。知识对于一个人是何等重要。而知识并非生来就有、随意就生的，最主要的获取途径是靠读书。在读书中，有"甘"也有"苦"。

"活到老，学到老"，这句话简洁而极富哲理地概括了人生的意义。虽说读书如逆水行舟，困难重重，苦不堪言，但是，若将它当作一种乐趣，没有负担，像策马于原野之上，泛舟于西湖之间，尽欢于游戏之中，那样，读书才津津有味、妙不可言。由此，读书带来的"甘甜"自然而然浮出水面，只等着你品尝了。

读书，要注重方式方法，若只埋首于"书海"中，精神得不到适当地调节，"厌倦"的情绪就会弥满脑际，到最后收效甚微。还有一种人思想上存在着问题，认为读书无关紧要，很痛苦，活受罪。这是人的惰性造成的。

怕苦的人是无所作为的，只能做一天和尚撞一天钟；能吃苦的人则不然，在他的心中树立着一个信念，一个锲而不舍、奋发图强的信念。

"读书破万卷，下笔如有神。"像我们这些经常跟文字打交道的人，更应该好好读书，用功读书，不因读书的痛苦，而放弃读书。我们应该享受读书带来的快乐。读书，也只有读书，才是人类文明的阶梯。

"含泪播种，必欢笑收割。"抹掉嘴角的一丝苦味，架起读书的风帆，驶向远方的彼岸。

志，即人的志向。人不能没有志向，它是人实现理想的重要元素，是人生之旅中一根不朽的拐杖。

在现代物欲社会，人的志向已然模糊。很多人的精神世界里只有金钱的观念，也有很多人不愿执着地去做某件事情。有人丧尽了志气，变得媚俗与慵懒；有人消磨了意志，变得无所事事。不必说人的精神生活就此崩溃，也不必说人在各方面半途而废，单就消耗的青春、浪费的岁月已足够去追悔了。

然而，有雄心、有抱负的人端正了人生的坐标，为着一个远大的理想而奋起。他们的心里始终珍藏着璀璨夺目的事业之珠。他们昼夜不停、夜以继日地工作，就是想让生活过得更美好——他们的的确确把"志"这块金玉别在胸口，驱散迷雾，唤来斗志。

有志向的人是最值得钦佩的。这样的人，不会丢弃时间的安琪儿。他们懂得如何把握生命，如何欣赏工作，如何活得充实。信念在他们的胸中已然成型，无论狂风暴雨，内心都恪守着崇高的志向。他们深信，没有比追求志向的过程所带来的满足更能品尝成功的滋味了。他们深知，追求志向的过程是苦的，那是生命真正的味道，有苦才有甜。他们对热衷的事业全心全意地投入与耕耘，是生命真诚的表露。他们心无旁骛，心怀宏志，事业就不会停滞不前。

真正的成功，绝不是一时的冲动所能达成，而需一以贯之的勤奋、坚定不移的坚持。立志，是事业成功之道，是勤奋者所遵循的规律，也是迷茫者所奋发的旗帜。

人，定当将心中的志向付诸实践过程中，尽情地发挥自己的潜能；人，怀着美好的憧憬，在荆棘遍布的山路上越挫越勇，激发起顽强拼搏的精神。唯有一番苦心的耕作，梦想才能开花结果。

有志者事竟成！

树木之痛

记得一首歌词是这样的："好大一棵树，绿色的祝福，你的胸怀在蓝天，深情藏沃土……"单就歌词的表层意思，足见树木是伟大的。

土地是万物的母亲。树木缺少不了土地的滋养，离开了土地，树木也就没有了赖以生存的根基。人类的居住，人类的活动，都离不开土地，也离不开树木的恩赐。

《礼记》载："山林、川谷、五陵能出云，为风雨，见怪物，皆曰神"。可见，树木是自然之神之一。它能够使洪魔退去，能够使台风隐去，能够调节干燥的气候。凡此种种，足见树木的威力无穷，树木的神圣不可侵犯。

我们懂得了环保意识，怎么会对树木没有感情呢？我们又怎忍心做出那些丧尽天良、乱伐树木的行为呢？我们真切地感受到树木的重要性，用宽广胸怀悦纳树木的寂静和幽雅，倾听树木的灵动和深情，我们整个心魂也从中得到了净化和陶冶。

人们憩居于大地，安身立命，安居乐业，然而有些人却利令智昏、利欲熏心，对自然的审美和保护意识早已被功利主义所替代，做出"拔要塞源"的蠢事，实在叫人惋惜和痛恨。

　　那些人肆无忌惮地滥砍乱伐树木，致使树木遍体鳞伤，哀鸿遍野。

　　此时，你是否听到了广袤的土地沉痛的哭泣声？你是否看到洪流大肆地倾压千村万落？你是否想到人类在不久的将来毁于一旦？

　　砍伐树木就是在肆虐土地，肆虐我们生存的环境，肆虐人类自身的和谐发展。

　　我们是自然之子，是环境的主宰者。树木是人类最可亲可敬的朋友，树木的消失，土地母亲的青春和美丽即将夭逝。

　　这是不是土地母亲伤心的缘故？

　　这是不是树木之子悲恸的根源？

　　漠视树木是可怕的，对树木的滥伐是可悲的……

　　拯救树木吧，是在拯救地球，拯救人类！

对话柳永

柳兄，细读你的词，感慨良多。且让我慢慢对你细说。

你的一滴情泪，涟漪了一池清水；一支殇歌，凄迷了月的妩媚。一念之差，动了一场情劫，一杯浊酒挡不住蚀骨的寂寞。柳兄，你醉倒在柳巷里，醉在了一生的寂寞。

月叩窗，敲打爱的缠绵，风微微张扬你的孤独落寞。长夜漫漫，你一遍遍唱起忧伤的歌，不经意的偶遇，铸就了一场风花雪月。爱在梦里一遍遍诉说，转身后是无奈的叹息，越走越远，情还在原处停留。

你，白衣卿相，舌轻转，眉微蹙，背影孑然，薄衣单衫，眉目间极尽忧愁哀凉。你，孤身穿过层层薄雾，沿着长长堤岸悄然行走，眉间含着一缕清愁，眸里闪着淡淡哀愁，仿佛没人比你更孤独。

你的词，具有古韵流转的风情，带有一抹华丽的清愁。你的词，凝结了点点梨花泪痕，默枕了一世的沉香。

你是随性天涯的浪子，你是行走江湖的剑客，你有一蓑烟雨任平生的豁达。你千年的句子，感染着千年后如我这般的知音。我掬一瓣花的馨香于指尖，轻轻放进宋词书页，让心情和岁月一起沉浸。流年的忧伤和喜悦在书页里泛起岁月的黄，散发浓浓的墨香，那是你的词散发出的味道。

离别成了你生命中不可或缺的情感。你如蝴蝶般流连于花丛之中，轻轻而来又轻轻而去。你让自己的情永远化作那些女子眉间的一点朱砂，化作那些女子才下眉头却上心头的思念。

你，柳永，一生只爱两样东西，女人和酒。真情，真爱；真词，真男人。敢写，敢唱；敢为，敢叛逆。

你从一座繁华城市漂泊到另一座繁华城市，从一场苍凉漂泊到另一场苍凉。你以温暖的胸怀拥抱她们，含情脉脉地凝视她们，真心真意地赞美她们。

你热情地为她们作词，把她们比作清水芙蓉、秀丽海棠、孤傲梅花。

长河落尽长河殇，曲罢再无柳郎顾。

你的死可以说是凄凉的，认识你的人都怕玷污了名声，不去为你收尸。你的死又是轰烈的，那些你爱的也爱你的风尘女子集资安葬了你。

你这样一个男子，即使多情，也值得她们一生去爱。

柳兄，你是我千年的知音。

喜欢这样的生活方式，喜欢拿一支笔，几张纸，悄悄地钻进书屋，在临窗的写字台前悠然坐定，开始欣赏满目、满耳、满心的怡然。

很多的日子里，我都是通过这块"宝地"去感受生活、编织梦想的。

不管是艳阳高照还是和风细雨，窗外只有延绵而来的一小段山脉，风雨锈蚀的瓦屋和老树伸展的枝丫，单调如此，却变化其中。

如果有一个整整的下午可以独自消遣，那么，我可以遥望青山的沉默质朴。自然的月缺月圆，潮起潮落，让我们在尘世中，感受到那无尽的沧桑。

然而，聪明的时间老人伸出了宽厚的手心，温存地握住我飘忽的梦，那片刻意想不到的朦胧和心底的凤愿在强烈地滋长，蓦然耳际萦绕起自己喜爱的歌曲，纸上也留下了痕迹点点，那是灵感妙语。

我美丽的书籍，可亲的书屋始终以爱侣般的痴情默默地陪伴着我。

家乡的清幽安宁，可以感受草木自由地呼吸，倔强地生长，早已解除了我烦乱的情愫和郁闷的心结。凭栏凝眸，方才明白那最熟悉最容易得到的东西，却往往被人们所忽略。书屋夹在岁月的缝隙里，紧紧贴着那些最令人难忘的片段和场景。

我领略了屈原、贾谊、李白、苏轼的风采，也曾登"空中楼阁"摘"蒲公英"，观"荷塘月色"听"梅雨瀑布"，游"威尼斯"，过"难老泉"，逛"汉堡港"……曹雪芹从钟鸣鼎食之家落到绳床瓦灶的地步；从名门望族跌入"家道中落"的田地，体验和深思名人的人生路，我怎无感触？我的心灵在共鸣与碰撞！

我想我的选择是异常痛苦的过程，是一个摒弃旧的躯壳而获得新生的过程。

生存并且诗意地生活在这个喧嚣与骚动的年代，我不是想象中的那种超凡脱俗的圣人，我也不奢望能够达到那么高的人生境界。

种子要撞破坚硬的和壳和压着的厚厚的土层，靠的是顽强的求生的欲望。人也一样，要实现远大的理想，需要的是狂热的激情、积极的行动和长久的坚持。

偶尔，在我的意识里，我仿佛看到舞厅里闪烁的灯光、柔曼的舞姿，还看到酒吧里觥筹交错、杯盘狼藉……虽然我也渴望有快乐的、无忧的生活，但它会阻碍我的志向的发展，也会使我高贵的灵魂堕落到万丈深渊，人变得消沉、萎靡、颓废。

每个人都有不侔的志趣，我有我精神的家园。

热爱

　　当窗帘滤进晨曦时，生命便开始了新一天的活动；当夕阳被宁静的峰峦吞噬时，生命又进入了安逸的夜晚。

　　在静默空旷的深谷里，一声鸟儿的清脆的尖音，刺破了云层，骤然灌入大自然的心脏里；在无限的花红柳绿的时光里，生命的一次次急剧的搏动，正撞击着岁月的永恒记忆。

　　看那环状的褐色山脊，阳光正从她上面轻拨着爱的弦音；看那明镜般的池水，月光正亮出她身上的秘密。

　　凝望那艳艳的茶花在迷蒙的细雨中尽情地释放着它的本色，燃烧着它生命的魅力。团团簇簇，层层叠叠，炽热而庄严，象征了一种永不懈怠的革命精神，也预示了生命的壮观博大。

　　落脚于自然界，每个生命皆是自然的宠儿。有人曾说，生死是自然界的轮回。正因上帝赋予生命一个魂魄，所以生命才显得那么美丽可人。

热爱每一个生命,在每一个清晨和傍晚;善待每一个生命,敞开心灵的窗户,放蝉的鸣叫进来,放夜莺的啁啾进来。

生命应当是怜悯相惜的。当一个生命依赖于另一个生命而成长,当生命游弋于属于它的辽阔的地域,当生命啜吮着自然的甘露,当生命感恩于上苍的眷顾,生命从此不再寂寥!

在这个物欲横流的社会,人类多了一些贪婪的享受,少了一些工作的热情,这是人类的悲哀。热爱生活,热爱工作,我赞成工作之外适当的娱乐,不反对富有情趣的生活。

热爱劳动,人生的磨炼靠得是劳动;明天的希望靠的是劳动。劳动能创造一切。用劳动砥砺意志,用劳动浇灌知识的花朵,更用劳动插上美好的希冀。尽管荆棘在前,尽管步履趔趄时时碰到,但终将豁然开朗、前程似锦。

生活是一块肥沃的土壤,需要辛勤的双手去浇灌;生活如一间无华的房子,需要智睿的脑子去设计。生活的美满与否靠得是人。人能改变生活,更能创造新生活。而这些的前提,是热爱生活。

堕落的生活要不得。享受生活的前提是诚实地劳动、勤恳地工作、合法地经营……恬淡的生活朴中有味,诗意的生活美中更甜。

对生活充满热爱,身体也就得以康健;对生活过于失望,人会变得颓废。

热爱生命,热爱生活,欢乐、幸福、笑声将充溢着生活。因为热爱,生活将变得更加美好;因为热爱,人生将变得更有意义。

我喜爱溪头的芥菜,甚或墙根不起眼的苔藓,因为我热爱生命,热爱生活!

写作的意义

在迷茫的那段时日里，写作，能缓解心中的苦闷。

生命是最为宝贵的，属于人也仅有一次。为人生的理想而奋斗，生命将焕发出青春的光彩。

人生是有遗憾的，比如壮志未酬，比如碌碌无为。李后主《乌夜啼》句云："自是人生长恨水长东。"聊以自慰的，便是写作。写作的时光，是我最苦涩也最快乐的时光。

今天的写作，是饱尝世间甘苦的开端。无劳不获，无苦不甜，甜美的生活来之不易。

吃苦是写作的前提，汗水是写作的必备品。把写作当作乐趣，人生也就在乐趣中求实与创新。

我想，每个人心中都在为自己的明天呐喊，并且都在自己的生活中寻找着属于自己的惬意。人们辛勤地劳作，图的就是生命的价值。假如是非常可贵的人生欲望，那又何乐而不为呢？

我说写作是一场戏，一场自编自导自演的独角戏。文学创作的过程自始至终要靠自己，要让自己投入彻底，达到忘乎所以，先要感动自己，继而感动读者。

我说写作是一个梦，一个怅然和欣然交织着的飘忽不定的梦。在梦境中呈现出多姿多彩的人生画卷，乃至光怪陆离的美景，能让灵魂兴奋不已。我不得不惊叹文学的魅力。

我说写作是一只轴，一只不知天南地北东经西纬不停转动的轴。文学虽没有指南针的妙用，也没有火药冲锋陷阵的功用，更没有一幢别墅、一部手机、一套西服、一辆跑车来得实用，但这个轴在转动的过程中，那些痴恋者能看到希望的曙光，看到人性光芒的所在。

我说写作是一尊石雕。那种栩栩如生的雕刻艺术和匠心独运的布局技巧，确实让人感到赏心悦目、耳目一新。石雕以静态之美召唤着人们的心灵；石雕渴望被接受、被欣赏；石雕需要去保护、去玩味。所以，创造一尊形神兼备的石雕并非易事。

我说写作是一泓清泉。泉水清凉甘冽，能让人回味良久，把人引入诗意的境界。在那纯洁得没有丝毫杂质的清泉的浸染下，人会愈恋愈深，愈深便愈沉。那些文朋诗友却万分感恩这种深沉，因为这种深沉使他们更坚定、更执着。

我说写作是一堆废墟。那满目凋敝，足以令人升腾起一种悲壮之美。这正切合了一种审美的需求，从而更容易打动人、感染人。也许废墟的悲凉与岑寂，蕴含了美的内涵，使文人们沉浸其中而不能自已。

写作的意义很多，全仗写作的人慢慢体会。

文学人生

捅破了一层纸，文学仅仅是我的个人兴趣。

常常读一篇小说，就产生想写一篇小说的强烈欲望，想来归于我个人的兴趣。

阅读直接诱发我对文学的兴趣。在阅读中，我仿佛已掺入了作品的角色之中，关于个体生活的记忆由此复活了。那些作品阅读后的体验带来了心灵的激动、惊讶、欣喜和愉悦。而当我自己拿起笔来的时候，写下平生第一部长篇小说《一个人的舞蹈》，我既欢喜又感慨，因为它浓缩了我对青春年华的体悟，从中颂扬了青春是一阕动听的歌。

在创作中，记忆里的那些情节和细节便很自然地在脑海里活跃起来，如同跳跃的音符，奏响在心窍的深处。所以我觉得文学的兴趣不衰竭，热爱之情也就不会被泯灭。于是我想起了茅盾文学奖得主陈忠实说过的一句话："文学是魔鬼，然而她让人经历九死不悔不改初衷而痴情矢志终生，她确实又是个美丽而神圣的魔鬼。"

说真的，人的兴趣是会转移的，不是所有人都会受一种兴趣的支配一直地走在同一条道路上的。文学需要生命的体验，而创作过程就是生命体验的展示过程。所以到了最后，那些对生命体验开始冷淡的人就会转移文学的兴趣。生命的体验并不是每个人都能以文字的形式进入的。它不是听命于旁人的指示，也不是按照教科书的方式去阐释生活的真谛，它是以个体生命的心灵去感受人生的伟大与龌龊、崇高与卑微、顽强与脆弱、快乐与痛苦。只有这种生命体验的独特创作，才是最值得人信赖的，才是最能打动人的。因此，生命的体验是文学创作的基础和前提，离开了生命的体验，文学创作无从谈起。

　　我想：孰人没有自己的青春年华？基于这样的一种观念，才激发了我的创作冲动。这种创作冲动在不断地坚持中成为一种最宝贵的文学热情。

　　这是一部充满哲思的作品，运用的是第一人称的叙述方法，并且使用回忆式的手法，让读者像在回味一场青春美梦一般。我期待这样的构思受人欢迎。

　　这部作品是作者对青春的一种个人见解，那种见解便是：青春有缺憾，但可以成为个体特色的魅力；青春在缺憾中保持自信，让自信赢得魅力；青春将个体生命的体验融入整体中去，在整体的普遍性中形成真正的青春魅力。

　　最后，我引用作家陈忠实的另一句话："创作是不能重复的，重复别人是悲哀，重复自己更是悲哀；创造者是心地踏实的。"